yours Sincerely,

如果人生　是封
長　長　的　信

不朽——文

目錄

CONTENTS

輯1—書。寫空白的扉頁 009

1 願你可愛——可愛的，可以去愛的。 010

2 勇敢——有面對失望的勇氣，也有嚮往的勇氣。 017

3 前行——一直許願，一直往前。 024

4 熱愛需要不斷尋找——熱愛的事根本就不可能固定，而是一件流動的，千變萬化的事。 031

5 目標的執念——當人眼中有了耀眼的事物，就會很理所當然地忽視所有微光。 038

6 驛站——甚至不需要任何話語告別，因為我們有過的陪伴，會以更深的方式留在記憶之中。 046

7 缺口——人生像是一個大大的容器，用不同的經歷去填滿自己的容器。 052

8 一無所有——許願自己一無所有，將自己歸零，無視所有的擁有，然後再奮不顧身一次，將自己投身進大世界之中。 057

9 強大的人——如果是我的話，大概會希望有人陪我去做盡世間美好的事吧。 065
10 沒有什麼不行——生命中，沒有什麼故事是不可以寫的。 071

輯2—封。存陳舊的記憶 079

1 意義——意義是浮動，生命是浮動，世界是浮動的。 080
2 潮濕——經歷親近的人離世，不是一場暴雨，而是一生的潮濕。 088
3 害怕告別——真正的失去，是失去生命力，失去自己。 095
4 愛的幻象——每個人想要的愛和給予的愛都不一樣，於是我和你之間就有了空隙，空隙隔開了我們。 103
5 愛的模樣——時間的堆疊是習慣，習慣的堆疊是愛；愛的註腳是習慣，習慣的註腳是時間，一分一秒累積的時光，變成了愛的模樣。 109
6 愛的結局——要記住愛一個人時的熱淚盈眶。 116

目錄

CONTENTS

7 家的定義——哪怕這個地方並不長久，但只要這個地方在某段時間能夠接住自己，我認為那就是家。 122

8 說再見——不是只有實體的東西才是真的擁有，一切變成了經歷，變成了記憶，變成了我。 130

9 失去——歲月讓我們都改變了，可是我對她的記憶永遠停留在我們分開之前。 135

10 追星——我相信喜歡一直都是自己去定義的，只要我足夠喜歡，一切都充滿意義。 141

輯3——寄。放迷茫和勇敢 147

1 成長痛——不一定只有往前才算是努力，停下來休息、猶豫、左顧右盼，也是一種努力；糾結、迷惑，也是人生裡重要的事。 148

2 活著必需的迷茫——人會一直有困惑。因為這就是活著的感覺，心臟跳動，腦袋轉動，沒有一刻是靜止的。 154
3 色彩混合——時間像水，將一部分的自己遺忘、洗淨、稀釋，不斷地增加筆墨，加深或者淡淺。 163
4 難題——人一謹慎起來，就會站在原地，站在原地又怎麼去學習更多的事情、看更多的風景呢？ 172
5 一起——不安並沒有不好，真正不好的，是隱藏自己的不安。 180
6 和解——真正重要的，是現在，是此時此刻，沒有比這個更加重要了。 186
7 執念——神也無法讓死去的事物重生，愛情也一樣，當一切已經過期，它就只是你記憶的一部分罷了。 192
8 不安——無論回答多少次，我都會毫不猶豫地說，去愛人，永遠都是去愛。 199
9 歸去——沒有愛是輕盈的啊。 205
10 習慣——習慣就會壓抑一切，習慣會讓人停滯不前。 213

目錄

CONTENTS

輯4 盼。望未知的生長 221

1 期望和失望——再多的未滿也只是未抵達，再多的不捨也只是暫時，這麼想，人生彷彿能盛下多一點的盼望。 222

2 理想和麵包——如果可以，不要等。要珍惜每一個「想要」的心情。 228

3 面對——每個人都有亮光，只是在於有沒有發現而已。亮光是需要去尋找的，它可能就藏在所有平凡的日常裡。 235

4 晚安——如果結局都是靜止的，如何去揮舞自己的生命才是最重要的。 241

5 修剪——生長是件很殘酷的事，因為我們總是無法成為自己喜歡的樣子。 247

6 感受粗糙——可以細膩地活著，自然也可以粗糙地活著。 254

7 跳躍——勇敢是一場獨自抗爭的戰鬥。 261

8 運氣——等到所有事情都努力過，若還是事與願違的話，我就會把責任卸下，然後張開雙手，享受濺在身上的浪花。 267

輯5 收。藏眼前的風景 285

目錄

CONTENTS

輯 1

書。
寫空白的扉頁

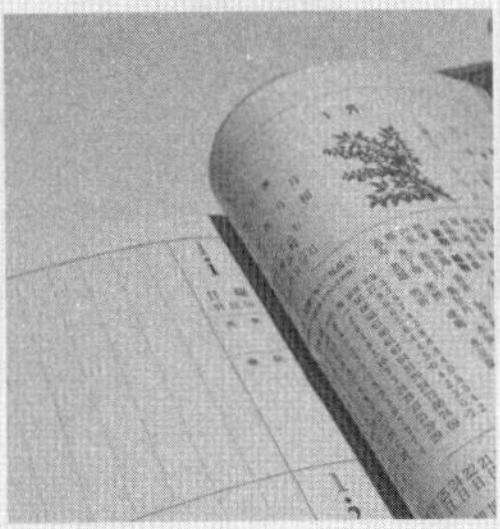

願你可愛

展信悅，見字如晤，五月如約而至，是我喜歡的五月。也許是因爲我在五月出生，五月對我而言的意味又更加深刻了。喜歡春末初夏的感覺，雖然臺灣常常沒有春天，對於春總是有一種很模糊的印象。最近已經開始像夏天那樣熱起來了，但是初夏又帶著一種獨特的生機，有期待，又有驚喜，很像是「生長」的過程，偶爾碰壁，卻堅定不移地往前走。五月對我來說，便是如此。黑夜漸漸變短，白晝開始冗長，一切都帶著嚮往，我在這樣的日子裡恢復了生氣，開始整理堆積了整個冬季的書桌，一收拾就彷彿自己眞的在往前了。

看完你的來信，讓我不自覺地想到十幾歲的自己，剛開始喜歡上自己的偶像，因爲零用錢不多，總是在下課後到唱片行逛逛，買不起專輯嘛，就去多看看它，這樣也很開心，是那些匱乏日子裡少有的快樂來源。然後，久久地攢到了足夠的錢，就去買一張專輯，僅僅如此就足夠我快樂好久。這樣的日子一直持續到十六歲，開始了人生第一份打工，是在超級市場裡當收銀員，只能在周末的時間上班，一上就是九個小時。十幾歲的少女開始賺錢，接觸到那些社會的複雜和陰暗面，剛開始的時候，因爲不熟悉流程有時會挨罵，做事也不夠利索，站的時間又長，有時候還會遇上難搞的客人，一天下來總是心力交瘁，偷偷地哭，很是難過。但，至今仍然記得拿到第一份靠自己賺得的錢時，那種激動的心情，我用那筆錢第一次去看了偶像的演唱會，當時感到前所未有的快樂。

年少的自己擁有的不多，可能只有十分錢，但是我願意將自己有的全部都給付出去，這種付出很純粹、很美好，並不要求什麼回報，這是一種無條件的滿足，猶如給出了自己的全世界，用盡了自己的全力。

我一直覺得長大像是一種更換零件的過程，將我們身上的某些東西用舊了，然後換成新的，當中摻雜了許多生活的苦與淚，世界的正與反，陰晴圓缺，悲歡離合，這些明亮的、鮮豔的、灰暗的色彩滲透著我們的生命，當生命的色彩越來越豐富，同樣也越來越混濁的時候，人又怎麼能夠保持從前的純粹呢？我們的某些部分都已經更新汰換，改變成別的東西。

長大後的快樂都是有條件的，你再也不會付出你的全世界給偶像或者任何人，連去愛人都會衡量，他也愛我嗎？他也會像我對他付出那樣對我付出嗎？我和他之間有未來嗎？可以走多久？這些問題在小時候的自己看來，一點都不重要，那時的我們，不會想遙遠的明日，不會想對方的回報，不會想失去的可怕，有的就是一個赤誠的眞心，有的就是義無反顧的勇氣。

可能是碰壁多了，變得小心翼翼；可能是付出久了，開始覺得累了，想放棄了。就連追星，這麼快樂的事，也跟現實連結，請假、機票、住宿，現在有一百分錢了，我們卻不再付出全部了，這就是所謂的代價吧。

然而，我並沒有覺得這是件很悲傷的事，在《你的少年念想》的後記裡寫了一句這樣的話：「青春有青春的好，長大有長大的好。」我至今也仍然是這麼認爲。那時的自己，美好、純粹，偶爾矯情，經常大膽，四處碰壁，遍體鱗傷，卻是那麼的不自由，軟弱，不堪一擊。現在的我，雖然有時膽小，懂得衡量和計算，多了許多思考，有時瞻前顧後，但也強大、從容，能去更大的世界，能走更多的地方，能做更多的事情。你說這是不是也很好呀？的確是如你所說的，長大後不再純粹了，但是我決定將那些混沌不清的色彩重新排列，去創作人生的畫作，一些獨一無二的裂縫，也碎得很美。

你信中提到的年齡焦慮，其實我有時也會有，我相信每個人都多

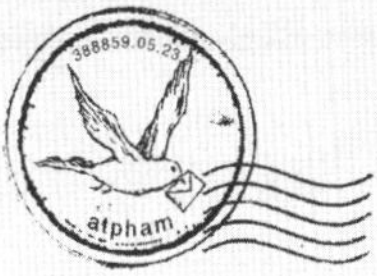

多少少有的。我很記得小時候有一個鄰居哥哥，在我十幾歲的時候，他二十幾歲，我就在想，哇，原來二十幾歲的人是這樣子的啊，一下子就有了距離感。等到我二十歲的時候，我見到三十幾歲的哥哥，我就在想，天哪，他已經成家立室了，成家立室對我來說是多麼遙遠的詞。而我現在將近三十歲了，仍然沒有這種實感，我要成爲那個我以前眼中「三十而立」的樣子。

什麼年紀應該是什麼樣子，我最近一直在思考，是誰訂的潛規則？而我們又爲了什麼要去依照別人訂的規則來生活呢？我的世界有我自己的規則。我的三十歲，和鄰家哥哥的三十歲，和你的三十歲都會不一樣。這樣才是對的。

沒有所謂應該做些什麼，好好吃飯，好好睡覺，偶爾做喜歡的事，偶爾笑，偶爾哭，這才是每一個年齡階段要去做的事。

最近聽到最開心的一句稱讚是：「你變得更可愛了。」可愛是一個我很偏愛的詞語，它有一種不可言說的，讓人的心臟輕輕一晃的感覺，第二是我喜歡我給這個詞的定義，可愛的，可以去愛的。我希望自己能夠是個可愛的人。然後我想將這句話也送給你。

願你可愛，一直可愛。

感謝一期一會的相遇，希望下次還可以在線下演唱會見面，五月愉快。

不朽 250503

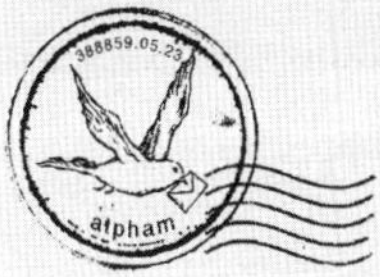

勇敢

展信悅，見字如晤。五月的我一直在專注於忙展覽的事情，好像總是這樣，一旦開始了做某件事之後，就無法同時投入進別的事情中，直到把自己完全地耗盡，直到再也燃不起火焰。隨之進入一陣低潮期，又像是在歸還預先透支的生命力那樣，在山谷的低處，沒有任何力氣再往上爬，沒有力氣逃離那裡。這是一個月多來寫的第一封信，抱歉讓你等了那麼久。不喜歡六月，天一直在下著初夏的雨，黏黏膩膩的，什麼都不清晰。

我一直覺得自己是個很勇敢的人。遇到不懂的事情就去問，遇到了迷路的時候總是衝在最前面去找路，遇見了未知就勇於去闖，甚至還會有些許未知的興奮，應付生活的未知對於我來說是件輕而易舉的事情，因此我敢自己一個人去新的城市生活，我敢去承受風雨，哪怕獨自挑燈暗往，也在所不辭。在人海裡孤行，不問前程，留下一個又一個決絕的背影。曾經我以爲的勇敢就是這樣的，勇於奔往不就是勇敢嗎。有獨自一人去面對世界的勇氣，不就是勇敢嗎。

我一直認爲勇敢是面對世界的力量。

直到我眞的去到了更大的世界，和生活面對面地較量，翻山越嶺，卻來到了寸草不生的土地，在空寂的生活裡失去了生機，再也生不出半朵花，我的土壤上再也生長不出什麼燦爛的東西，即使去到再廣闊的地方，去看再多的日月、星辰、曠野雨落，也抵不過內心的荒蕪遙遙無期。

那時我才意識到，一直以爲的勇敢，只是我逃離內心的一個藉口。我誤以爲自己很勇敢，只是因爲大家稱那些舉動爲「勇敢」，比如去追尋很多人都不能輕易嘗試的生活，比如去迎接未知，比如走出自己的舒適圈，「勇敢」去面對生活的磨難和困境，可是我卻不敢面對內心的黑狗。

很多時候我們都覺得勇敢是實際上做出了什麼樣的行動，戰勝了從前的恐懼或者是以前不敢做的事情，去挑戰，去瘋狂，去闖蕩，這些詞放在一起，就給人一種十分勇敢的感覺。我們常常會被這些盛大的奔往所吸引，而忽略了眞正重要的，從來不是關於世界的勇敢，也從來都不在別處——

你的困境在哪，你的勇敢就在哪。

眞正的勇敢是一種面對自己的力量。

即使自己的土壤上一無所有，還是認眞地灌溉，日日施肥，向陽而生，偶有風雨交加，也只不過是爲了成長的養分而至。今天沒能開花，沒關係，明天再試試看，明天不行就後天試試看。眞正的勇敢應該是這樣的，有面對失望的勇氣，也有嚮往的勇氣。

眞正的勇敢應該是這樣的，鼓起勇氣清理自己腳下的泥濘，否則，所有的一切都只不過是泛泛而談，邁出去的每一步都會濺起過去

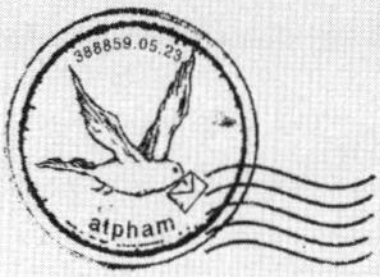

的淤泥。

面對自己，要去面對自己。

看著你的來信，感受到了那種我沒有的勇敢。所以我眞的很佩服你，勇敢地去學習療癒，當自己的療癒師，想必這個過程你肯定付出許多努力吧，面對自己並不是一件簡單的事。從信中看到你開始慢慢釋懷，慢慢感受到內心的平靜，於是滋生出新的盼望，眞的讓我產生由衷的開心。你說的沒錯，想要渡人必先學會自渡，在自渡的過程裡有了面對世界的勇氣，有了嚮往，自己的土壤才能開出花。心裡有花，就是你所說的「生命力」吧。

也許是因爲自己是個很沒有生命力的人，所以我總是不自覺被有生命力的一切所吸引，會發光的偶像、會翻滾的大海、從眼角不斷飛快掠過的風景、靈動的貓咪、光燦燦的夏天，每一樣都充滿著鮮活的生命力，生命力，我沒有的生命力。

唯有在靠近這些事物的時候我才感受到自己也在活著。可是某時候，我覺得自己離這一切都越來越遠了。也許是我還沒有面對自己的勇氣吧。

最近精神狀態不是很好，不知道是不是改變藥量的關係，整個人都昏昏沉沉的，我也想要重拾嚮往，但是我意識到自己已經很久沒有許願了。我還在尋找下一個願望是什麼，我想，在找到之前，就先讓我安於棲身於此時的困境裡面，這或許也是勇敢的第一步吧。

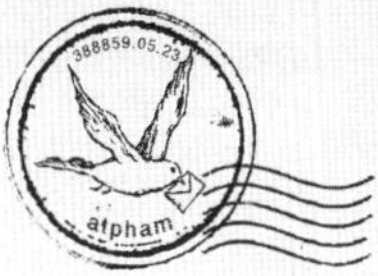

紙短情長，感謝一期一會的相遇，希望你能夠實現自己的嚮往，
成爲一名療癒師。六月順遂。

祝

日日常安

不朽 230613

前行

展信悅。很開心能用這樣浪漫的方式與你相遇，總覺得要把文字寫在紙信上才能把眞正的心意傳達出去。雖然不確定以後還有沒有這樣的機會，但至少這一刻，我們可以在這裡陪伴彼此。

我覺得疫情讓自己產生最大的轉變是，不敢做夢，也不敢想像未來。還記得最初，是很寒冷的冬天，當時在北京念研究所，正好第一個學期結束，先與朋友去北海道旅行，之後回到臺北度寒假，因爲是冬天所以只帶著厚重的冬衣，行囊也只有27吋行李箱那麼多。愉快的

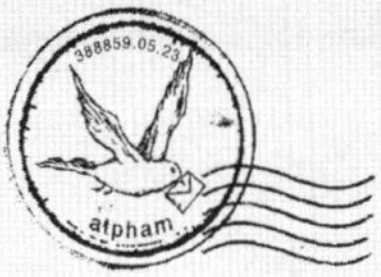

北海道旅行結束後，疫情就開始升溫，回到臺北的我暫住在室友的一人居小房間裡，一切都如此不知所措，短短的兩個星期內，便收到無法回校的消息，邊境開始封鎖了，我沒辦法回到我在北京的租屋，不想回家鄉，也沒辦法回校。在臺北我沒有別的住處，一瞬間不知道自己該何去何從，很可笑，世界那麼大可是我卻連容身之處都找不到。在室友的幫忙下，便開始寄住在她小小的房間裡，沒有生活用品、沒有我喜歡的文具、沒有漂亮的住處，原本辛苦建立的一切忽然和我斷聯了。

在那之前，我是如何努力重拾著對未來的信心，如何努力地考研，如何努力割捨原本的生活、朋友、甚至一切，才決定離開的；而我離開時，又是帶著怎樣的決絕，怎樣的覺悟，怎樣的嚮往，我許了好多的願，在人生清單裡寫下一個又一個的目標。

突然間，我所規劃的明天通通都不管用了，日子變成了一條長長的吊橋，我不知道自己下一步會不會踩空，然後墜落，粉身碎骨。

就像你說的，一切都遙遙無期，這會持續多久呢，一年？兩年？三年？還是更久？那時的我會在做什麼呢？過著什麼樣的日子？想像不到未來是件很可怕的事，就像是正墜落深海中，你的腳永遠碰不到底，你不知道這個海有多深，不知道還要自己浮沉多久。那陣子抑鬱症復發了，我事隔五年重新去看精神科，生活再次被許多的藥丸塡滿。我不再做計劃，不再許願，沒有用了，因爲你根本不知道未來會變成什麼樣，曾經我爲了在北京的生活計劃那麼多、歐遊、研究所，一個個都不會如願了，當你知道許願、設立目標再也沒有用的時候，你就會停止去做那些落空的事。

我明白，我只會每天在逼仄的小房間中不見天日，隔著螢幕上課。重置，重置了，像是被「格式化」那樣。

幾年了居然，現在回想起來，恍如隔世，像是這個全球的疫情從頭到尾都只是一個迷幻而不眞實的夢。幾年的時間不是很長，但也不短，足夠讓一個大學生畢業、足夠完成研究所、足夠我寫完幾本書，足夠我從有到無，再從無到有。人們又重新往前，世界還是繼續轉動，生活仍然一刻不停地奔忙，在這被模糊的幾年中，我們失去了什麼，我們又學會了什麼，現在似乎已經無從考究了對不對？

這幾年裡，我重新開始了新的生活，就像是災難倖存下來的人們那樣，在一片廢墟殘垣中，再次從頭築建自己的家園。在機緣巧合下，我和室友開始養貓，後來搬去了大一點的公寓，我重新買了喜歡的文具，重新佈置我的書桌，重新添置春天、夏天、秋天的衣服。

重新來過。我想，我們一直都是這樣面對絕境的，重新來過。

如今，我已經不再做夢，也不再去規劃未來了，我發現，再多的計劃，也都會被這個飛快又萬變的世界稀釋，等到未來眞正來臨時，卻往往又不是我們想像中規劃的樣子，我想，這就是世界的定律，這就是生活的常態。

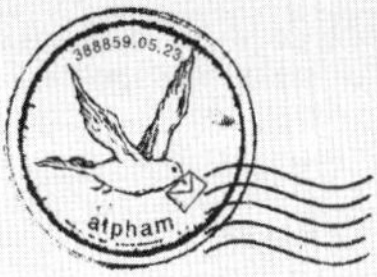

於是我學會了活在今天，好好吃飯、吃藥、睡覺，雖然回不到最初，但至少也能自給自足，這會不會是疫情讓我學習到的呢？

十二月時，事隔三年終於去了一趟旅行，忽然想不起以前是怎麼訂機票和飯店的，手忙腳亂的準備過程中，覺得非常滿足，旅程還沒出發，卻因爲這些瑣碎事件而生起了幸福的感覺。我忽然意識到，也許最令人快樂的，不是抵達，而是前往。知道自己正在前往，這樣的心情太珍貴了，許願大概就是這種心情吧，每個願望都在推著自己前往，比起如願，我覺得許願更加美好，達成需要付出千萬的努力，不是簡單一句「如願」就能夠概括，但是許願的美好在於，你願意前往。所以我祝你能夠一直許願，一直往前。

（這也是我其中的願望之一）

紙短情長，期待以後有機會見面。

祝

日日常安

不朽 230303

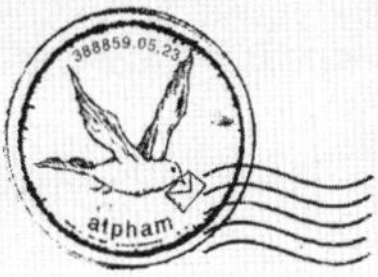

熱愛需要不斷尋找

展信悅，見字如晤。感覺昨天的我還在東京經歷一場暴雪，在冰雪中每一步都寸步難行，四肢都被凍僵了，明明應該是極痛苦的，卻又荒唐地生出了一種大雪紛飛時才獨有的浪漫。在異鄉度過了新年，明明應該是團圓的節日，卻在格格不入的城市中感受著陌生，這種錯落的突兀感，竟然也生出了一種浪漫。這是我覺得這個世界很神奇的地方，我們總是能在鬱苦中找出享受它的辦法。

一轉眼就已經到了月底，我總覺得時間是偏頗的，每分每秒並非平等，快樂的時光成爲時間的加速器，你越想留住的時間，流逝得越快，一切都如同是時間開的玩笑。

我並不認爲熱愛的事情會無緣無故地出現。

有些人也許比較幸運，能夠一下子就從萬千世界的拼圖中，找到自己最熱愛的那一塊。而多數人的常態是，需要花上大半生的時間來尋找，什麼才是自己眞正熱愛的事物；也許以爲自己找到了，卻在持續做著熱愛的事的過程中漸漸地感受到倦怠；也或許命中註定的那件熱愛的事根本不存在，又或者熱愛的事根本就不可能固定，而是一件流動的，千變萬化的事。

我曾經在每日一問，問過三分鐘熱度是一件壞事嗎？我記得當時的自己回答：「不是」。因爲三分鐘熱度的重點從來不在於三分鐘，

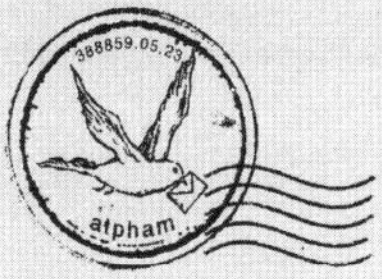

不在於時間的長短，而在於「熱」這個字上。

對某些事熱衷，心臟感覺到溫溫熱熱的，從而蘊釀出來的熱誠，是生命中任何事物都無法代替的悸動。當你投身於某些事，你主動去尋找，主動去做和努力，這個過程使你更加了解自己，了解自己跟這件事合不合適，使你去判斷這件事適不適合長久地留在自己的生命中，這個舉動是如此的重要，如果人連三分鐘熱度的過程都沒有，連主動去尋找什麼、對某事熱衷的過程都沒有，人是不可能尋找到自己熱愛的事。

熱愛是需要尋找的，它不會像魔法一樣突然降臨在自己面前。

誰也不會知道自己那命運中的熱愛是什麼，它什麼時候出現，會不會出現，結果會怎麼樣，沒有人知道，我們唯有去找，去做，這便是唯一的方法。

先去試三分鐘，然後一天、一月、一年，累積成一輩子。

現在談及放棄去尋找，太早了，太早太早了。

我們總覺得已經耗盡了時間和心思，但一如我所說的，短暫和漫長，都是時間開的玩笑；而世界的大和小，則是生活開的玩笑。十八歲的我覺得自己無所不知，二十八歲的自己只覺得自己無知。越是成長，就越明白我還有更多東西可以看、可以懂，原來我還可以去經歷如此多的事情，原來這個世界和生命還有如此多的空間讓我尋找，而曾經的我竟然自負地認爲這個世界也不過如此，我竟然放棄去尋找，這等於去承認，我的生命也不過如此。

直到現在，哪怕我已經找到了熱愛的事，哪怕我已經大半生都在爲寫作這件事努力，至今我仍然常常與它發生矛盾，我仍然經常問自己，這眞的就是熱愛嗎，這樣的熱愛會持續多久，我還可以愛多久。你看，關於熱愛的疑問，會一直持續下去，哪怕有一天你覺得自己已經找到了所謂的一生的熱愛。

在你給我的來信中，提及「很多時候心裡的嚮往都可以輕輕放下，因爲覺得自己終究得不到」，字裡行間我能感受到的，不是找不到熱愛的事，而是不敢去尋找熱愛的事，害怕它太遙遠，而自己無法觸及。害怕它太宏大，而自己過於渺小。害怕它太熾熱，而自己不夠光亮。其實是反過來的，當你有了這件熱愛的事，它會給你能量，成爲你的支柱，沒有什麼得到或者得不到這件事，僅僅只是去做它，你也會感受到它帶給你的生命力和歡喜。

如果提前把一切都設想好，你又怎麼會想要花更多的努力去尋找答案以外的事物呢。可是啊，你說想要「不空虛的人生」，偏偏不空虛的人生是需要用很多很多時間、心思、勇敢、浪費和未知來填滿的。只想著放棄的話，是沒辦法擁有滿滿的人生的啊。共勉之。

最後，遲來的新年快樂，希望你在新的一年裡可以試著抓緊心中的嚮往，去做，不用思考太多。紙短情長，感謝一期一會的相遇。

不朽 240226

目標的執念

展信悅，見字如晤。遲來的新年快樂，又一年過去了。我一直以來都不是特別喜歡農曆新年，也不是特別喜歡寒假，可能是冬天的原因。小時候對於新年的印象便是那些繁瑣的節日習俗，大家相互說著喜氣的賀語，也不確定裡面存在著幾分眞心。大人們總是這樣說的，喜慶節日就要大家聚在一起，在那樣的局促下，我總是裝成好孩子的模樣，試圖去融入團圓的氣氛中，這是我對新年全部的印象，熱鬧、喧囂、乖巧的微笑。

長大之後，離家在外生活，就再也沒有回家過年了，那種喜氣洋洋的場合離我越來越遠，卻仍然不怎麼喜歡過年。我和室友都是離鄉背井的異鄉人，在熱鬧的節日裡，大家都有所去向，只有我們在不屬於自己的城市裡過著不屬於自己的節日。我特別記得有一年除夕，因爲很多店舖都提早關門，我們根本找不到地方可以吃飯，連好好在外吃一頓屬於我們兩人的「年夜飯」也變成一件困難的事。當天晚上，我們找了好久，才找到一家不怎麼好吃的火鍋店，過了一個不怎麼好的除夕。那是我第一次覺得，節日並不是什麼好日子。

後來，家裡有了宇宙和九月兩隻貓，室友又常因爲服務業的工作需要上班，過年就成了與其他日子無異的平日。在安靜的家中，我和貓貓們一起待著，相互取暖，我在寫作趕稿子，落地窗外是噼噼啪啪的煙花聲，亮光一下又一下劃過漆黑的夜空，這樣的熱鬧與我毫不相干，有時候甚至會生出一種與這個世界格格不入的陌生感。

說到新年，每一年我都會給自己設立很多目標，目標就像是我的生之所向，是我腳下的傳輸帶，是拽著我往前去的飛箭。當我擁有目標時，可以無視所有生活的規則，穿越萬重山，山高水遠，深陷沼澤也在所不辭，因爲我知道自己要去哪裡、要做什麼。目標這件事給予了我至上的勇氣，去做世間的所有事。我就是這樣一年接著一年，定下屬於那年的紅色旗幟，然後不顧一切，朝著那個目的地奔跑。

奔跑，不斷地奔跑。一切都很美好，當人全力以赴去做什麼的時候，身上會散發著一種極致的生命力，那是世上任何東西都無可比擬

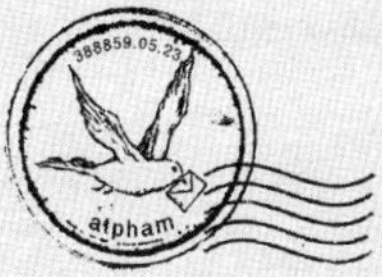

的美好，人在那一刻活著，你能感受到自己心臟在突突地跳。

今年的新年，我花了好多好多時間，卻怎麼也想不到一個目標。我開始覺得慌張，覺得無措，一瞬間，不知道自己該怎麼辦，該做些什麼，一種巨大的虛無感侵襲而來，明明是虛無，卻又像是洶湧的海水，將我淹沒。虛無的感覺，像是在海裡面那樣，四處除了水，什麼都沒有，只有不斷地往下沉，不知道海底有多深。

從一月到二月的這段時間裡，我只是茫然，不知所措，那些帶著我往前的目標沒有了。日子很漫長，我只是停滯，那種與世界格格不入的陌生感又再次籠罩著我。在恆長的時間裡停下來，我沒有目標了。當我所有想做的事、想去的地方、想擁有的成就、想寫的故事，都已經完成了，當我再也無法找到我的心之所向，那麼擱淺在原地的我該如何是好？我該往哪裡走？我該怎麼樣去度過巨大而荒漠的時間呢？我該如什麼去填滿空白的自己？

這才意識到，我一直信仰的「目標」，目的地的旗幟，也許一直綁架著我，逼著我往前，逼著我趕往下一個目的地，我的未來似乎就被這一個又一個的目標定型了。當我擁有目標時，我只是一鼓作氣地往那兒去，從不分心，從不環顧，可以說是心無旁鶩。好的是我只看到我的目標，壞的也是，我只看到我的目標。看不到沿路的風景，看不見奔跑的自己，看不見這個偌大的世界。當人眼中有了耀眼的事物，就會很理所當然地忽視所有微光，我想我就是這樣，錯過了那麼多、那麼多。

通常我們會說鼓起勇氣去做了某些事。鼓起勇氣去愛、鼓起勇氣去完成、鼓起勇氣出走、鼓起勇氣告別，這些事情都又像是人生的目標，甚至我覺得它們也許說的就是同一件事。

如果，不只是往前走需要勇氣，停下來也同樣需要勇氣的呢。

和九月窩在被子裡，望向窗外在夜空中綻放又消逝的煙火，我覺得那像是曾經對我來說的「目標」的存在，盛放且絢爛，那樣的美好又易逝。於是我忽然有了這樣的想法，或者我根本不需要任何活著的目標，不需要目標帶我往前。我可以不往前，可以停下來，沒有關係的，誰說活著就要有目標，難道我不可以停下來欣賞此時的風景嗎。

或許我眞正需要的，並不是什麼確切的目標、或者理想、或者想做的事，我需要的，只是允許自己停下來的勇氣，這何嘗不是一件美好的事呢？

想到這裡，竟然豁然開朗了起來。原來曾經的我是如此不自由，而不再爲了目標而奔跑的自己，是自由自在的，世界如此寬闊，我感覺這樣的自己似乎重新走進了世界之中，像是在一片綠意盎然的大草原上，我只需要放任自己在天地之間，感受世間萬物，感受自己。

今天的習題是，放下一些對目標的執念。

紙短情長，信就寫到這邊，感謝一期一會的相遇，馬上就要春天了呢，希望你能擁有一些春日的期盼。

不朽 240222

驛站

展信悅，見字如晤。遲來的新年快樂，今年眞的過得好快，以爲才剛開始這一年，甚至還沒來得及許願以及設定今年的目標，一轉眼二月也要過去了。這個冬天像是一場沉睡的夢，彷彿一覺睡醒，外面的雪就開始停了。二月去東京看泰勒絲的時候，剛好碰上了這幾年來東京下的最大的一場雪，彷彿置身在北海道，又令我想起了四年前在北海道，經過鋪滿大雪的鐵道，去朝里駅看零下的雪海，在北道海大學躺雪。一切都像是昨天的故事，一轉眼已經四年，從二〇二〇到二〇二四，這幾年我經歷了自己曾經想像不到的好事與壞事，有許多的遇見也有許多的離別，我已經成爲和從前完全不一樣的人，達成了以前想像不了的成就，經歷以前未曾期待的未來，也墜落進曾經想像不到的深淵。不敢相信我已經走了這麼遠的路，你看，果然時間是這世界上最神奇的事物了，巨大且不可逆，殘酷卻也對誰都公平。

我其實是一個很相信命運的人，我相信某些事情發生，必然是生命中要去經歷的事。所以我也相信任何一個出現在我生命之中的人，也是註定會出現在我的生命裡。這麼說來，我們的認識也一定是命運使然，對吧。寫書的這些年來，我遇見過許多讀者，陪伴著一些讀者從高中到大學，從大學到走進社會，沒有人會長久地留下，但我並不覺得悲傷。這麼一想，我大學時期讀過的書，現在也不一定會想重讀，這是多麼理所當然的事，所以我總是感謝一期一會的相遇。也許沒有以後了，也許這次是最後一次在書裡相見了，所以無論如何，請珍惜這樣的遇見。

要有多幸運，這些文字才能被你讀進心裡。

同樣的，要有多幸運，才能成爲你短暫的，你眼中的風景。

我覺得自己比起一個作者，更像是一個驛站。

我在這裡，永遠等著一群人進站，然後相遇，目送他們離開；接著時間到了，又會有下一批的人進站，短暫地停留後離開，我的書和我就是一個驛站，一字一句，一詞一語，化成了站內的長椅、頭頂上的屋簷，等到某人因大雨而整身狼狽時，可以進來避雨，躲開惻惻的

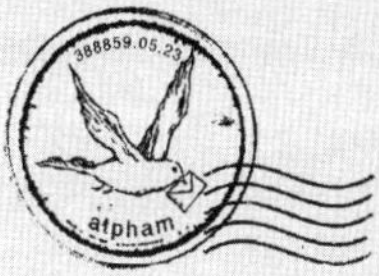

寒風，放下一些沿路的傷心，或者只是放空，只是發呆，讓這小小的車站暫時成爲你的棲身之處。

等到天晴之時，就目送大家走進陽光，每個人都會起程，走向自己的目的地，人潮奔來往赴，步履不停，在我揮手告別這一車的旅人時，我同時也是在揮手與新的來者打招呼，新與舊交替，像是季節更迭那樣自然，我們甚至不需要任何話語告別，因爲我們有過的陪伴，會以更深的方式留在記憶之中。

我想我就是這樣的一個佇立不移的車站，會一直在這裡。

你曾經問我，這是不是一件很孤獨的事。

有時候是的。這種感覺跟簽書會時，看著大家離開一樣，有點孤獨，又有點滿足。我有跟你說過嗎，我很喜歡看人的背影，看著曾經相伴的無數個「你」往前走的背影，有一種很奇妙的感覺，會生出一種莫名的欣慰，也會生出一些祈求，由衷地祝福往前走的「你」啊，風雨兼程，一路平安。

對我而言，被人駐足停留，抑或被人匆匆經過，成爲大家路途中的風景，始終是一件非常浪漫的事。

車站一直在那裡，文字一直在那裡，下雨和颳風，豔陽或彩虹，車站給予旅者一個停靠休息之處，成爲旅途中的必經之路。讓我在這條漫漫人生路，陪伴你一程。

這麼看來，你是這個車站的常客啊（笑）。

卽使說再多次，仍然還是只有謝謝，謝謝你願意陪伴我一起走了那麼久的路。感覺第一次見你的時候，還是一個小朋友（在我眼中），現在已經是一個可以獨當一面的研究生了，希望我這個小小驛站仍然可以爲你遮風擋雨，在你有需要的時候，要記得驛站是一直都在的噢！

最後，希望你的生活一切順遂，想要實現的一切都可以靠自己的努力來實現，最重要的是，不要怕，往前走吧，未來會越來越好的，只要你願意。下次見面，我要擁抱你。

不朽 240229

缺口

展信悅，見字如晤。其實在定下這篇書信的關鍵字時，預想關於「未滿」的來信都會帶著或多或少悲傷的情緒在裡頭，因爲是未滿嘛，未能滿足，這似乎理所當然是貶義的，但是看到你的來信寫著「衣櫃未滿和胃未滿是生活的小確幸」，就覺得心暖暖的。是啊，又是誰說，關於未滿的一切，都是悲傷的呢。

其實我想到所有的未滿都不過是「自己」這兩個字，想到了自己從未圓滿，聽起來很悲傷，但這句話實際上有兩層的意思，一是

「我」這個人一生的所有經歷都是在形成「我」，而中途的一切也都是未完成的；二是無論我得到什麼或者抵達哪裡，都只是路過，而不是最終的歸宿。

人生像是一個大大的容器，我們用不同的經歷去填滿自己的容器，有趣的是，我們永遠不會知道這個容器有多大，它就是我們的生命本身。所以它不會滿，也永遠不滿，圓滿更像是人生的終點，這麼看，未滿才是活著，活著就是未滿，這麼去想時，未滿也就不是那麼負面了對不對。

你信中所寫的，害怕未滿的情緒，或許是因爲逃避，或者是人的意識中的保護機制，漸漸地讓你從一個愛恨分明的人變成一個情緒模糊的人，你不再爲了自己哭泣，也不再盡情地笑，慢慢地看不清自己，自己就像是龜裂的大地，一點一點在分裂，一點一點破碎不完，逐漸地變成一個陌生的自己。

我也曾是這樣的，當初在寫第一本書《與自己和好如初》，發現自己分裂成完全不同的我，而這兩者之間的距離越來越遠。她們同時在我內在拉扯著，誰都不讓誰，誰也都逃不過誰。

有時候我會像第三者那樣，旁觀這一切發生，無能爲力，又動彈不得。於是我開始意識到，正視自己的缺口，或者是說正視自己的未滿，是一件需要一輩子去努力的事。不是現在的我和解了，就完全地痊癒了，她們一直都在，所以我要一直努力，努力去維持著光與暗的平衡，努力去平撫每一個躁動不安的自己。或許並不是我們刻意去把缺口隱藏起來，而是因爲自己的缺口只能自己去拯救；不是沒有人去拯救自己，而是其他人無法去拯救，這是自己的傷口，要自己去守候。

這個過程，或許就是長大必經的路途，只有走過這個路口，才能抵達出口，每個人都會有這樣的時候，只是或早或晚而已，所以我相信，未滿是一個過程，一個人生漫長的過程，路遠迢迢，就如你所說的，未滿和未完，都在路上，都是日常。慶幸的是，你的生命裡出現了她，即使最後或許是遺憾收場，但她的存在，讓情緒模糊的你可以放聲哭泣，讓愛恨不再分明的你，願意把這個故事稱爲「愛」，這會不會稍微能夠填滿一點歲月的缺口呢？

說到未滿，幾乎都只會想到不好的事情，是的，我們的生命盡是源源不斷的未滿，豐盈了這個缺口，仍有下一個缺口要面對。因此，看到你寫的未滿，我覺得可愛極了，不禁在想，是啊，或許生命不只有讓人嘆息的未滿，還會有很多讓人期待的未滿，比如說，將到未到的快遞包裹（填滿自己的衣櫃或書櫃），或者是某件將到未到的事；比如說，演唱會、約會、紀念日、旅行日等等，這些都是期待未滿。

想跟你分享一句惠特曼寫的話：「做一個世界的水手，遊遍所有的港口。」我好喜歡這句話，未滿對我來說，就是這樣的感覺，永遠有下一個港口等著我。願你也能夠在未滿裡找到自己的期待。

剛過啟蟄不久，春分馬上就要來了，紙短情長，希望能給你這季節交替的夜晚一些的溫暖。

祝日日常安。

不朽 230313

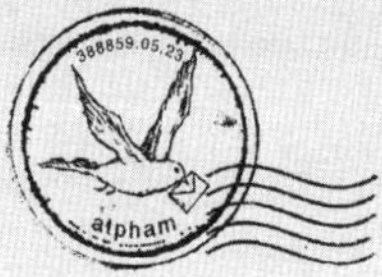

一無所有

展信悅。很喜歡這三個字，每一次我寫信的時候總是執意要寫這三個字作開頭，一個小小的祈願，願你展開信件的時候喜悅。雖然現今這個時代，訊息和電話都太過方便，甚少會有那種等了好多天才收到一封信的喜悅感，當一切變得容易，快樂也就變得困難。同樣的，不需要等待，又談何期待。所以，重新開始寫信之後，我總是喜歡將「展信悅」放在信件的最初，希望你收到這封信的時候歡喜。

關於小時候的願望，說實話，我一個都不記得，它們好像被我丟到名爲童年的小盒子了，後來再也沒有打開過它，因爲那裡頭多得是無法實現的事，比如學會魔法、變成超人等等諸如此類傻氣的願望，然後在長大的過程中，慢慢意識到不可能，於是一點一點將自己的童眞封存。許願這件事，便慢慢地從單純的渴望，變成了現實的衡量。也是，生活教會我們，不可能的事就該放棄，然後將時間和心力用在可能實現的事上，不要浪費，不要許宏大的願。

比起從前，我們好像懂得越來越多的道理，有了越來越多的經歷，也學會越來越多的知識，越來越有能力，可是代價是什麼呢？我常常在想，我是用什麼換來今天的我，爲了那些不能放棄的一切，我又放棄了什麼呢？

很喜歡你的願望裡用到了「一無所有」這個詞，許願自己能夠一無所有，這讓我在回信的過程中思考了很久很久。因爲我們許願經常是希望能「有」些什麼，幾乎不會去說希望自己「沒有」些什麼，某個程度上，願望可以稱爲一種擁有，對嗎？然而，當我們去思考想要擁有什麼的時候，就得先去思考沒有，因爲只有這其中一方，是不足以構成「願望」的。

有的，沒有的。想要時間，是因爲沒有時間。想要自由，是因爲沒有自由。想要愛，是因爲沒有愛。我們的願望，是我們的缺失。我們的遺憾，又成了一個又一個新的願望。你看，有和沒有，其實從來都不是對立的關係，它們依附著彼此，卻也成就了彼此。所以我常常覺得得到和失去很像，不過只是換了名字罷了。看見你的願望，又再次提醒了我自己，不要總是注視「沒有的」的，而忽視了我所「擁有」的。

流浪啊流浪，我意識到今年是離家流浪的第十年，這幾年在外顛沛流離的日子裡，嚐了很多苦頭，也有不少的收穫，不能簡單地用好或不好來概括，因為啊，這個世界從來都沒有純粹好的人生或純粹不好的人生，當時的自己並不會知道，只覺得降臨在身上所有的壞事都是一種悲劇。是這樣的，人在暴雨裡怎麼會去愛雨天呢，人的眼睛很淺，僅僅只是去凝視著面前的事物，就足以填滿了自己的雙眼。

現在回想起當年一無所有的自己，到底是在拚命地追求些什麼，渴望擁有些什麼，以致於我總是只看得見「沒有」呢。後知後覺，在

我以爲自己什麼都沒有的時間裡，擁有著現在沒有的不顧一切的勇氣，而在往後的很多年，我才明白這是一件多麼可貴的事。是不是所有的故事都是這樣的呢，總是在回想中燦爛發亮，那多年前的腳步聲，現在才迴蕩在耳邊。

比起從前，現在的我擁有了很多，從一無所有，到應有盡有。靠這些年的努力，我已經可以建造出我想要的生活，曾經匱乏的，我都一一塡滿了，卻唯獨缺少了不顧一切的勇氣。爲了不能放棄的一切，這是我所放棄的嗎，我不知道，畢竟如果什麼也都不付出，那肯定是什麼也不會獲得的，我覺得值得了嗎，我也不知道，我發現人生其實並沒有「後悔」這一個選項。

最近我常常會想，現在的自己能夠拋下一切去到一個新的地方歸零，重新開始新的生活嗎？像我從前那樣，義無反顧，不問前程，只是奮不顧身，不怕墜落。這時的我所擁有的一切似乎都變成了一種束縛，總是讓自己置身在透明的保護層之中，一步也不得動彈。我開始顧慮，開始瞻前顧後，每一步都衡量著利弊，每一步都如此小心翼翼，我害怕墜落，害怕一無所有，以前從不思考將來的我，開始規劃著未來，我更「成熟」了是嗎？我變成了徹底的大人了，對不對？或許是我心上多了軟肋，有了重要的東西。這是一件好事嗎？應該是吧，畢竟人生並不能收回，也並不能後悔。

所以我非常喜歡你的願望，許願自己一無所有，將自己歸零，無視所有的擁有，然後再奮不顧身一次，將自己投進大世界之中。看似

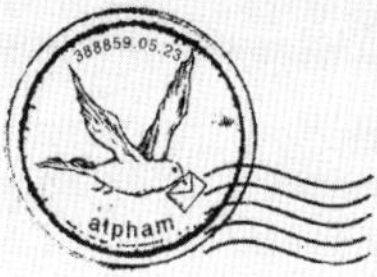

一無所有，或許這才是應有萬有呢。

流浪啊流浪，我希望新的一年裡你能夠不怕受傷，不怕失去，其實那沒什麼可怕的，可怕是你再也不能感受一切了。所以不要害怕犯錯，不要害怕離別，當我們學會凝視離別的場景時，才能眞正學會去珍惜所有相遇。這也是「一無所有」能夠給我的獲得。我常常這樣跟我家人和朋友說，如果有一天我又要開始新的流浪，我們之間將添增新的離別，沒關係的，不用送別，你們不是我失去的風景，你們在我的生命裡，你們是我的一部分。

下一次見你的時候，我一定會用盡全力去擁抱你。

不知不覺寫了很多，最近好像回暖了一些，希望冬天快點過去。

祝日日常安。

不朽 230212

強大的人

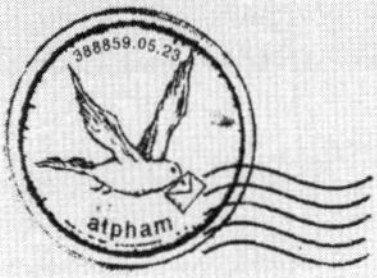

展信悅，見字如晤。臺灣這邊正在放颱風假，大概就差不多是香港八號風球的程度，窗外正在狂風暴雨，感覺天就要塌下來了，但是出奇地在家裡面，有牆、有窗戶，有家這樣的庇護，讓我感到安心，覺得自己並不是站在暴風雨裡，眞的是件很美好的事。

我想那些內心強大的人，大概也是這麼想的，這樣的庇護、牆壁以及家園是自己長久以來堅強努力而築成的結果，它既成了一種庇蔭，也成了一種藩籬。

也許是經歷了許多悲傷的事，使自己不得不變得更強大去面對這一切，爲了抵抗一些世間的險惡，於是在自己的周圍築起了高牆。這樣的人看起來格外有邊界感，讓人感覺很難靠近，原因是他們太強大了，好像並不需要身邊的人去幫助他們些什麼，任何事都可以獨自去面對。是的，因爲他們經歷了太多這樣的時刻，他們只能面對，自己面對。

以我爲例的話，我時常覺得自己必須要強大起來，才能去保護重要的事物，於是在面對痛苦和悲傷的時候，並不會覺得這是一件艱難的事情，畢竟我就是這麼一路走過來的，堅忍大概已經形成了一種習慣，內化成下意識行動，當問題發生，就去面對，就去解決。久而久之，不免就會想，我眞的需要幫助嗎？其實並不需要。

或許眞正需要的，從來不是面對痛苦的勇氣，而是面對美好的勇氣。

因爲經歷了很多，看慣了悲劇和人間疾苦，就會發現痛楚著實沒什麼好怕的。痛的感覺可以比較，悲傷也是，經歷極度的痛苦就會發現最初的痛苦只是皮毛，熬過最深的疼痛，就會覺得一切沒什麼。

眞正讓他們卻步的，反而是美好的事情、美好的事物，害怕自己會太習慣美好，而無法再堅強下去。強大的人有種病態的自尊，就是我可以，我必須可以。

這也是爲什麼，他們不再爲了悲傷的事情哭泣，反而在看見美好時流下眼淚。美好的事物很可貴也很易逝，這種失落的感覺才眞正使人卻步，人們因爲害怕失望，所以不再擁有期望。

想幫他們些什麼，這眞是一件讓人心口一熱的事。

他們那麼強大，又怎麼會給別人幫忙的機會呢？然後我就想到，幫嗎？萬一他們需要的根本不是幫忙呢？與其思考怎麼做才算是幫助他們，不如與他們一起製造更多、更多美好的時光，面對悲傷的勇氣他們早就有了，那就陪他們去練習面對美好和幸福的勇氣吧。一起做些開心的事，一起製造美好的回憶，雖然這些美好的時光會過去，但通過這樣的陪伴可以讓他們知道，美好雖然不一定永恆，但是回憶會留下來，以某種方式刻在我們的生命裡面。

如果是我的話，大概會希望有人陪我去做盡世間美好的事吧。

這麼去想，我其實一直都很害怕自己過得很開心，因爲快樂和

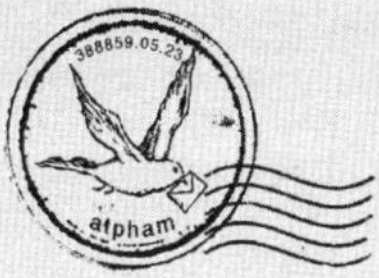

幸福會伴隨著漫長的反噬，而留下大大的空虛，若是太沉浸於某些幸福，我就會變得脆弱，變得鬆懈，等到悲傷痛苦再次襲來時，那顆被幸福浸泡得柔軟的心臟，又會再次狠狠地受傷。

然而我現在知道自己是錯的，如果我真的那麼無畏，那我也不應該害怕快樂才對。不敢踏進幸福的人其實一點都不強大，只是假裝著強大，只有面對痛苦的勇氣是不夠的，我們還需要面對陽光的勇氣。

如果有人能早一點告訴我這些的話，我也許會少一點錯過吧。

零零碎碎說了很多，也不知道算不算是解答到你的問題，我們不需要去拯救任何人，但我們可以去陪伴，一起去做些美好的事。窗外的風雨似乎小了一些，天快要亮起來了，希望你收到信的時候會是個好天氣。
感謝一期一會的相遇，盛夏愉快！

不朽 240725

沒有什麼不行

展信悅。最近天氣一直反反覆覆的，漫長的冬天裡要開花眞的很不容易，總是讓我感覺貧瘠的土壤上再也不能萌芽了，各方面的。二月就是給人這樣的感覺，一切未滿。其實當初設置「未滿」爲關鍵字時，並沒有刻意去探究它的確切意思是什麼，這也是中文很有意思的地方，每個人都可以在文字裡找到屬於自己的解答。

看到你說關於自己文筆不好，而總是勇氣未滿的事時，不知道這算不算是一種安慰。偷偷跟你說，其實我從未有一刻眞正地喜歡過自己寫的文字，眞的。某些時候寫到一篇稍微滿意一點的文章，當下會很開心，可是這樣的快樂總是一閃卽逝，取而代之的是，擔心別人喜不喜歡，編輯怎麼想，讀者想看嗎，這些細碎的文字能溫暖到什麼人嗎，能成爲某些人的意義嗎，這樣的不安總是充斥著我寫作之外的時間。

至今爲止，當別人問我是什麼職業時，我仍然不能理所當然地回答：「我是作家」，總是羞於承認，最終只會婉轉地回答出版相關的工作。我常常在想，自己爲什麼會這樣呢，爲什麼我寫的文字不能成爲我的驕傲呢，爲什麼我總是不自信，爲什麼自己的文字時常給我帶來羞恥感。借用你信中的話，就是爲什麼總覺得自己不夠格，總是在不安。

後來我想明白了（雖然並沒有緩解我的不安），我想是我太珍重寫作這件事了，所以才總覺得自己不夠好，總覺得應該還要更好。當人越是在乎一件事的時候，就很容易將自己放在低處去仰望它。而我深切地知道，我是如此珍惜這件事啊。

不安是不會停止的，即使是世上最偉大的作家，也不全然會喜歡自己的文字，但是他們之所以偉大，是因爲即使不喜歡自己的文字，他們仍然堅持去寫，依然如初地去喜愛寫作這件事。偉大的不是文字本身，偉大的是熱愛這件事的心情。用熱愛去填補不安就可以了啊。

所以我想說，勇氣未滿也好，信心未滿也罷，未滿只是一個狀態，而不是問題的答案和故事的結局。覺得自己寫得不夠好，也要寫完才知道好不好，一如拍片，一如寫劇本，一如世上所有的創作，從無到有，先要去創造，才能去談論它的盛與衰。

如果你有追蹤我的社群媒體的話，應該知道我去年（二〇二二年）從研究所畢業了，意料之外以高分畢業，畢業劇本寫的是一個懸疑的故事，是我從來沒有書寫過的體裁和類型。寫之前我思考了很久，雖然我平時很愛看懸疑類的影視作品，但喜愛和擅長是不一樣的，很喜歡並不代表我可以把它寫好，連同學也是這樣說的，要是你寫一個普通的愛情故事，一定會輕鬆許多，爲什麼明明有容易的路可以走，你非要走困難的路。我不知道。我就是覺得，如果我現在不寫，我也許一輩子也沒有機會開始寫了。所以最後，我還是決定要試試看寫一個自己以前從來沒有想過的懸疑故事。

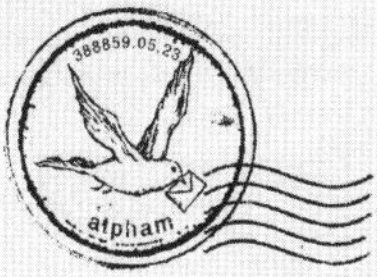

老師對我說過，沒有什麼故事不可以寫的。這句話我也想原原本本地送給你，生命中，沒有什麼故事是不可以寫的。並不只是在說寫作這件事，而是我們生命中的故事。我想熱愛文字的你一定明白我想表達什麼。

很喜歡你跟我提到關於期待未滿的事，剛好我聽的電台正提到小王子的這句話：「如果你能在下午四點鐘來，那麼，我在三點就會開始有種幸福的感覺」，沒多久就看見你在信中提及，這種時空交錯的巧合眞的很浪漫啊。其實我最喜歡的狀態就是期待未滿了，有時候很期待某一天到來，那段等待的時光最美好，它包含著我對這個世界所有的期待。也許是這樣吧，等到那天眞的來時，我們往往會有心裡空落落的感覺。

最近想到的未滿，不知道爲什麼帶一點悲傷，當一件事圓滿的時候，我們就開始失去它。所以我一直覺得未滿也許才是人們最理想的狀態，有往前實現的勇氣，也有懸而未決的遺憾。然而當你開始塡滿它，你就再也沒有空間和心思往前了。

最後，紙短情長，沒辦法分享更多人生的未滿，但未滿也好，或許這就是我們對未來的一些期盼吧。希望你的生活充滿期待，應該沒有比這個更好的祝福了。

祝日日常安

不朽 230311

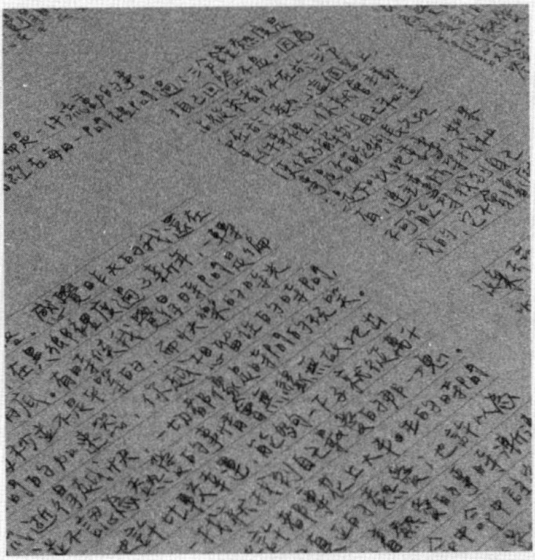

輯 2

封。存陳舊的記憶

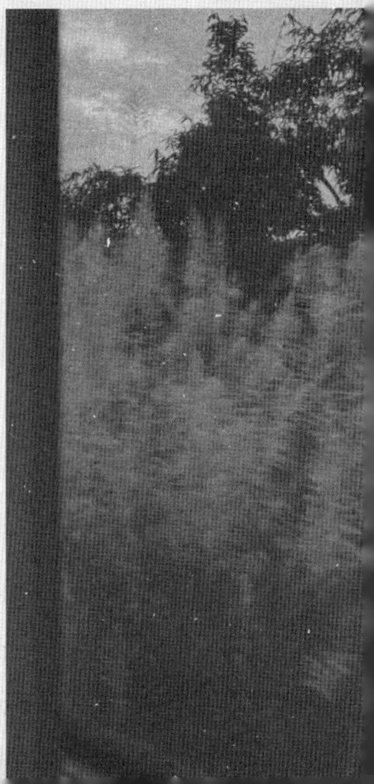

意義

展信悅，見字如晤。眞的很抱歉遲了那麼久回信，春末夏初的信，到了初秋才有空回。這幾個月，應該說是這大半年來，都在埋頭認眞地準備《萬蝶》的展覽，中間還寫了《與自己和好如初》改版的書稿，一下子，季節不等我的察覺，就將我投進另一種氣候之中。我發現人在努力時，都是安靜的，當我們在專注做一件事的時候，是眞的會忘了時間、忘了季節。我常常工作到一個段落，看向窗外，才發現天已經悄悄地亮起來，我喜歡這個爲了什麼而廢寢忘餐的自己，在這個時刻裡，我可以忘記一切。

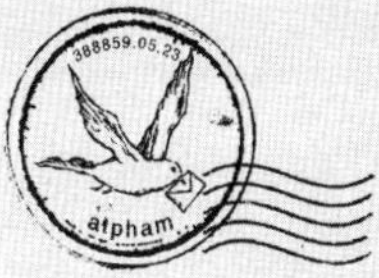

經歷很多生離和少數死別之後，就會發現世界上沒有一樣事物是能夠長久地留住的，甚至是照片、手機、文字這些有形體的物件也沒辦法。照片會模糊、電子的一切都有可能被格式化、文字會丟失，生命中的所有，其實都無法長久地留存，更何況是人、是記憶。

既然所有事物，無論是過去、現在還是未來，最後都會步入死亡，再也不在，那爲什麼我們還要去愛，還要去存在？我覺得這個問題，其實就在問，這一切到底有什麼意義？

意義啊意義，明明是那麼簡單的詞語，偏偏古今中外多少的哲學家、理論家或科學家都無法明白，意義到底是什麼。它既是有，也是無；既是生，也是死；既是無常，也是萬物；沒有實體，卻又代表著一切。

生命的意義，一切的意義。

好像就是訴說著，我們的生命、人生所有舉動都需要有所含義、有所目的，我們做些什麼、去哪裡、成爲什麼人，都需要有理由，需要有解釋，我們不斷地在尋找某種證明，證明這一切都是有意義的。

一旦被這個詞給拿捏住了，就很難心安理得地生活。每走一步都會去尋根究底，到底我爲了什麼而做，爲了什麼而走，又爲了什麼而留；爲了什麼愛，又爲了什麼不愛；我爲了什麼努力，又爲了什麼而放棄。向自己拋出問題，從生活中尋找蛛絲馬跡，抽絲剝繭又抉奧闡幽，像是爲自己尋找一個個的支點和動力，撐住自己，然後推動自己往前走。

也許就是因爲我們把意義當作重心，所以當找不到意義時，才會

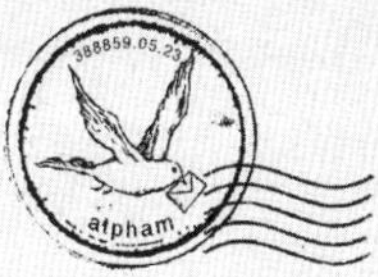

像一盤散沙那樣崩毀。意義像是黑洞一樣，你越是糾結，就越是深陷進去。

我曾經也是這樣子，所有事情都非要安上什麼意義，而當意義消失了，我的意志也就跟著消失了。這時我突然反應過來，意義原來是會消失的。

曾經我很愛一個人，覺得和他共度一生就是全部的意義，後來我們分開了，我不再想要去愛，愛之於我的意義就消失了。我曾經喜歡的學科，在研讀的過程發現它的艱辛，我的熱愛被消磨，不想再繼續了，讀這門學科的意義消失了。像是我，每隔一百天給死去的宇宙寫信，沒有寄出的信，沒有回音，如向海投石，一遍又一遍寫著不寄出的信，又有什麼意義。又或者說，那些對於別人來說的意義，對我來說只是灰塵；相反，在我眼中流星的重量，也許只是某人的落花。

我開始覺得這一切只是大人們的胡扯，爲了防止小時候的我們而種下的韁繫，你做這個有什麼用？這些事情有什麼意義？能幫到你嗎？能養活你嗎？意義是什麼？一個又一個的問題，就好像是一個個路障，你無法回答，就無法前行，導致我們這一路上，每過一個路口都會被絆一下，導致我們時常站在路口的中央，迷失在意義當中，不知道該往哪走。

可又是誰說，這一切必須要充滿意義？

意義是浮動，生命是浮動，世界是浮動的。我們既沒有能力阻

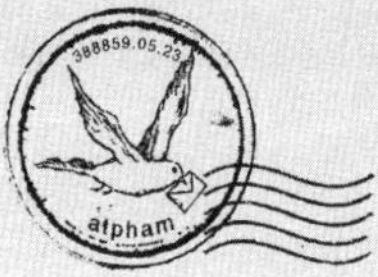

止時間的流逝，也沒有能力去搬動歲月的變遷，每時每刻世界都在轉變，新的和舊的，我們不斷經歷，不斷路過，意義消失了，又有新的意義產生。

我從來不會去懷疑意義，因爲我知道意義瞬息萬變。這是爲什麼沒有人可以找到解答，因爲根本沒有解答，沒有正確答案，又或者這一切根本沒有所謂的意義。

我想跟深陷在意義中的所有人說，做什麼和不做什麼，愛什麼和不愛什麼，毫無意義可言。「想不想」就是一切，如果你想要什麼來支撐自己走下去，需要的不是意義，而是目的，目的是更加現實和冷漠的東西，而意義只是虛無，我們不能將生活的重心放在虛無的事物上。所以當你問我，生命的意義是什麼，我的回答是，沒有，沒有意義。就是來這人間一趟，經歷點什麼，然後離開世上。答案很簡單明瞭吧，就是去經歷。

有一句話很有趣也很有意思，每當我去到新的地方旅行，都會這麼說：「來都來了。」我覺得這句話很可愛，不是單指某趟旅程，而是指整個人生，是啊，來都來了，不去經歷點什麼，就太可惜了啊。

我想這就是全部的意義。

我不知道這麼說，是給你解惑了還是給你添惑了，但是來都來了，就多思考一些再走吧。

好好地擁抱生命中的一切，在死亡之前。

我覺得這是一個很好的祝語，想送給你，也送給自己。

祝日日常安。

不朽 231016

潮濕

展信悅，見字如晤。謝謝你的來信。夏天的夜裡一切都很黏稠，想念也是，感覺自己就要被淹沒在這樣的想念裡，沒有明天。最近因爲寫稿的緣故，我總是很「早」睡，甚至到了早上九點十點，才在猛烈的陽光下緩緩地睡去。夏日的日出是這樣的，來得很早，陽光也很熾熱，一下子就能夠沖淡漆黑的夜。我喜歡這樣的夏天，好像所有夜裡的惆悵最終都有所歸宿那樣，在那樣的日出裡，我感到了一種夏日特有的治癒。

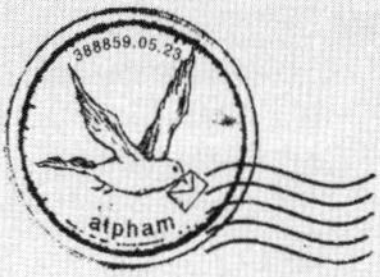

曾聽過一句話，經歷親近的人離世，不是一場暴雨，而是一生的潮濕。

我想，沒有經歷過生離死別的人並不會明白這樣的潮濕。有時候我覺得時間已經過了很久很久了，久到記憶開始斑駁，久到我已經有所轉變，世界也是如此，變換了一輪又一輪。那一場暴雨，在季節的更迭下似乎消失得無影無蹤，我也重新開始好好生活，好好吃飯，好好去過日子，偶爾也會覺得開心快樂，也會因爲一些小事覺得難過和不甘，一切好像重回正軌了。

可是，在一些細微到不能更加細微的瞬間，忽然就掉進想念裡面，沒有原因，就是很想念很想念，想到了所有的絕望，想到了我的願望再也無法達成，想到這個世界上根本沒有一種魔法可以再次與摯愛的人擁抱，我便對世界感到無望。這樣的想念來得很囂張、狂野，像是一場永不結束的暴雨，你找不到任何一種閃躲的方法，就只能站在空曠的地方，不斷地淋雨，直到這場想念的暴雨自行離去。面對想念的時候，無處可逃，我們總是沒有傘。

整個人被大雨滲濕，隨著生活風乾，然後再次滲濕，我就是這樣，反反覆覆被狠狠地拋進那個殘酷的夏天，我會一遍又一遍經歷著不可挽回的死亡，一次又一次地淋濕，彷彿昨日的絕望重來一遍。這就是死亡給我的感覺。

我一直在想，我們應該怎麼樣去面對那些已經死去的人事物。

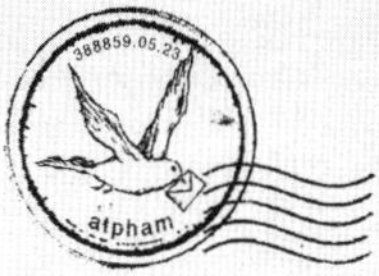

是該要哭喪著臉，每天每天放任自己陷入痛苦的迴圈裡，自甘墜入那無底的深淵；還是應該逃避，像老一輩那樣忌諱著死亡，忌諱去談及，去避開一些不吉利的命運那樣；還是應該照常地談笑悲歡，有講有笑，像是那些人從來沒有走過那樣。

我其實並不知道，人「該」怎麼去面對這樣滲透生命的潮濕，無論哪一種，都無法扭轉他們已經死去的事實，一切都很絕望，我們只能靠著自欺欺人的方式，試圖讓自己好過一點。

或者我其實是錯的，並沒有「該」怎麼面對，而是可以時而因爲想起他們而開心，時而想起他們已經離去了而傷心，沒有應該要怎麼樣，也可以不用在離別中振作起來，我們可以一直深陷。

最近我開始喜歡上這樣潮濕的時刻，我喜歡想起宇宙時的所有開心和傷心，我的心仍然在為了他跳動，感受喜、感受哀，這樣讓我覺得我還跟他有著連結，即使有些人不再出現在我們生活裡，只要有所想念，這樣的連結就永遠不會斷，只要還能想念，我便願意承受那些想念殘留下來的後遺症。

其中一個後遺症，便是我習慣每隔一百天給宇宙寫一封信，如同將漂流瓶投遞到真空的宇宙中，雖然我知道這也許並沒有任何的意義，但創造一些屬於自己的紀念，本身就是全部的意義。我習慣在信的最後寫說，今晚請到我的夢裡來吧，宇宙。

其實，我至今仍然還沒有夢見宇宙。可能是因為我吃太多安眠藥了，睡眠總是與身體抵抗，所以才沒能夢見他。後來我聽到一個暖心

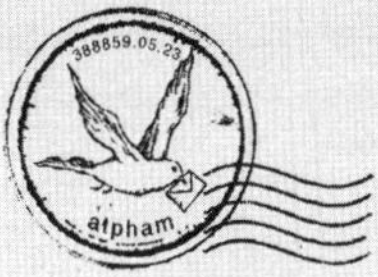

的說法，在天堂裡，死者要出現在生者的夢裡，需要排很久很久的隊伍，說不定我的宇宙也正在排隊等候著，我們都在等一次夢的相遇。再後來，等候已經內化成身體的一部分，我又開始想，沒有出現在我的夢裡，是宇宙給我關於明天的課業，因爲還沒有夢見，所以再活一天。無論是哪一種，我都覺得是他給我的溫柔。

現在我已經可以好好往前了，我相信你也在努力著，我現在終於明白，其實我從來都不需要跟他告別，因爲他會一直在我心裡，在我的想念裡存在著。

我們不用再說一句再見。

希望你也能慢慢地喜歡上這場雨，如果不能也沒關係，雨雖然常常會來，但雨也常常會走，這不是我們一生中唯一的天氣。感謝一期一會的相遇，盛夏快樂。

不朽 240717

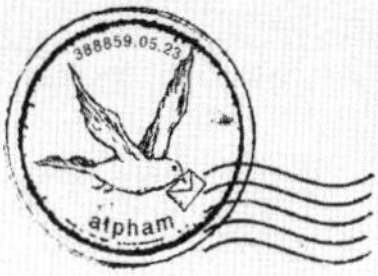

害怕告別

展信悅，見字如晤。四月的你過得好嗎？我呢，說實話過得不太好，四月我經歷了一場混戰，之前無償幫助一家獨立書店的創作，卻被人用來牟利。在一片聲討和對抗中，我頭破血流，鮮血流滿一地。善意變成了一根利箭，刺穿了現在的我，而最讓我疼痛的是，我開始懷疑自己的善意，我感受到自己在動搖，動搖是件很可怕的事，意味著我推翻自己所堅持的，開始不明白，那些長久以來我所堅持的信念到底是什麼。在身心疲憊中，終於靜下來好好寫一封信，對我來說，是一段放空的可貴時間，希望你不要介意接下來的話沒什麼條理。

習慣是一個中性詞嗎？我常常在想這個問題，明明應該是個不帶顏色和偏頗的詞語，卻很少人在想起「習慣」這個詞的時候是快樂的、美好的，相反總是冷淡的、褪色的、陰霾的。

我覺得人生是一個趨向習慣的漫長旅程。每做一件新的事、去到一個新的地方、新的經歷、遇見新的人，都會隨著時間的磨礪，最終邁向習慣。習慣是不是就是平淡的另一個代名詞呢？如果是的話，那為什麼有些人總追求一生的平淡呢？我常常有這樣的疑問。我們喜歡新的事物，新開的飲料店，新買的衣服，新的旅遊景點，新的願望，新的禮物，那麼，那些舊了的，都該去哪裡呢？如果有一天我也變得很舊很舊了，那麼我該去哪裡呢？

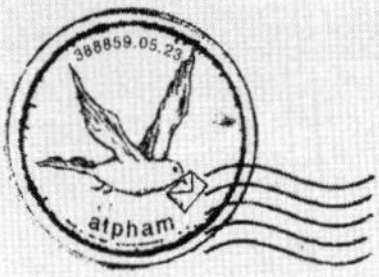

習慣離別。以前我寫過無論多少次，我們都難以習慣失去。每一次失去都像是切割身體的一部分，那種撕裂的疼痛怎麼可能會習慣呢？然而，最近的我又開始推翻從前的自己。原來眞的會習慣的。當一個人反覆經歷離別，反覆說再見，人就會變得寂然。我不知道是因爲我的心臟變得更堅硬了，還是更麻木了，還是我開始有了預知的能力，爲了提前防止失去的發生，我根本不讓自己在乎任何事，我不知道，這是更好了，還是更壞了。

所有事情都可以習慣，只要足夠的時間就可以了，包括離別，包括遺憾，包括錯過，包括糜爛。等到那時，我想，這才是眞正的失去。

失去生命力，失去自己。

想到你說馬上就要畢業了，不知道你的心情如何。你的來信中寫到，你很明白一個階段的結束代表要面對告別時的感受。這讓我想到自己大學和研究所的畢業，大學時期因爲出國留學一年而延畢，但是畢業典禮還是照常舉行，所以實際上並沒有那種離別的感覺，心裡面知道自己還不用離開這個地方，等到來年眞的要離開大學時，身邊所有同學都早我一年離開了，這種交錯的告別讓我後知後覺地發現，自己沒有好好跟任何一個人說再見。就這樣，我們在無聲之中走向了各自的未知而遙遠、浩瀚而微茫的明天。

說來不知道是不是命運的捉弄，等到我讀研究所的時候，下定決心一定要好好畢業，在離別時好好擁抱對方，拍好看的畢業照，用燦爛的笑臉祝福彼此前程似錦；然而，研究所畢業時，因爲疫情，我

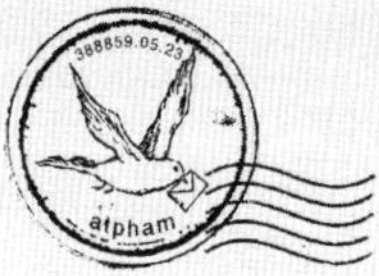

根本無法返校，畢業儀式還是線上舉行的。碰巧忙完畢業論文和劇本後，我馬上開始寫書，在沒天沒夜的趕稿之中，錯過了那場唯一的、珍貴的雲端畢業典禮，我的讀書生涯就以這麼一種荒誕的形式結束了，來不及說任何一句告別的話。

是啊，我們害怕告別，害怕面對生離死別，害怕失去，以致我們總是誤以爲，不去說再見就不用告別。事實是，告別成了錯過，錯過成了遺憾的結果，所以不要害怕，要去告別，一定要，我們無可避免地需要面對。總有一天，任誰也都必須告別，好像我們生來就是要去面對似的，現在不去面對，有一天，它會變成深深的刺，最終那些從前無法直面的問題，仍然會迸裂出來。

當我們眞正地去面對，就會發現人最可貴的地方在於，我們在義無反顧地經歷告別時，所留下的記憶和眼淚，將變成了一個個無可取代的生命故事。所以別怕，我們不是一個人在失去著，每個人都在這條路上失去著，也一樣經歷著。

作爲一個虛無主義者，我太明白你信中所說的，死後無法帶走那些回憶。於是我常常在想，如果最後都是一場空，什麼都沒有的話，那一切的意義何在？我爲什麼要經歷？爲什麼而來？又爲什麼而去？意義啊意義，這兩個字是如此的單純，又如此的複雜。它好像成爲了一切的解釋，也好像成爲了一切的障礙，阻止我們去經歷。

可是啊，爲什麼我現在要去思考死後的事情？爲什麼不能只思考

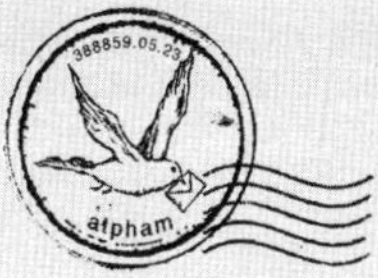

現在就好？爲什麼不能拋開一切意義，僅僅只是去經歷？是的，我們什麼也無法帶走，可又是誰說，一定要帶走什麼？留下什麼？誰說，人生要這麼去過？

最後我想就你來信最初的問題作出回答：

到底什麼樣的生活才是所謂的好好活著？

我的答案就是，正在思考這個問題的你，此時此刻，必定非常非常努力地活著。這會不會就是生命全部的意義呢？

紙短情長，感謝這一期一會的相遇。你信中提到的捐贈器官也是我的人生清單之一呢！

希望你一切順利，學測加油，做想做的事，成爲想成爲的人。

祝日日常安。

不朽 230414

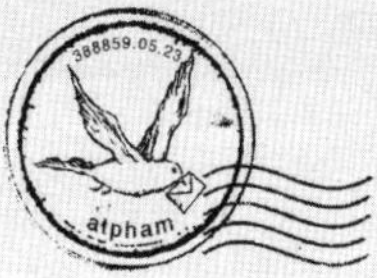

愛的幻象

展信悅，見字如晤。不知不覺就到三月了，我時常感覺時間沒有在我身上發揮什麼作用，我被時間落下在某個寒冷的夜晚裡，可是我知道，不是時間落下我，是我不想往前走罷了。

小時候看見電視劇裡的主角們，因爲各種故事的意外發展，相愛了卻分開，我總是很不明白，那麼千辛萬苦才在一起，爲什麼會因爲彼此的性格不合而分手，於是有一次吃飯的時候便問爸爸，相愛的人們爲什麼會分開呢?爸爸說，人們因好奇而相愛，因了解而分開。

我很是不解，這件小事其實也曾被我寫進書裡。我寫說，這太荒謬了，爲什麼啊，越在一起、越了解對方，難道不是應該越來越幸福嗎？人們去愛的過程不就是爲了要更加了解對方嗎？爲什麼又會因爲彼此了解而分開呢？難道了解成爲了分離的原因嗎？

我不理解。在小孩的眼中，這個分離的理由簡直不能更胡說八道了，愛才沒有你們大人說得那麼脆弱呢。

直到十幾年之後，我有了相愛的人，他和我說：「我們太了解彼此了。」我愣了一下，兒時的困惑像是一塊石子，多年之後正正擊中了我。

原來一切都是我小時候的幻想，只想到了愛裡光鮮亮麗的一面，只想到彼此互相扶持，成爲對方的光和糖；只想到了甜蜜、浪漫和偉大。那是我想像出來的愛，純粹的、豐沛的，我會成爲越來越好的人，然後越來越愛對方，所有付出、愛與被愛都如此自然，如同天造地設的一對，誰也無法阻止我們相愛，我們會一直愛，至死不渝。

原來，一切都是愛的幻象。

我們太了解對方，他說。

他一點一點地發現，我並不如外在那麼光亮，我常常膽小、失落，患得患失；我漸漸地發現，他有時也會自卑、脆弱、想要逃避。他不能理解我，爲什麼總是會因爲小事而傷心，我不能理解他爲什麼那麼渴望新鮮感。越來越了解對方，就像是一層一層剝開美好的糖衣，一點點地褪去魅力，一點點地嚐到苦澀。

我們既看不慣彼此的暗面，又無法離開彼此的亮面。

相互拉扯，彼此折磨。

愛不脆弱，但有時愛是鋒利的。我們有時會不小心被愛所傷，又會不小心以愛傷人。當愛不再光亮的時候，當我們了解到對方不是自己想像中的樣子之後，就越發現，愛是未滿的，因爲每個人想要的愛和給予的愛都不一樣，想像中的對方和對方實際的模樣有所出入，於是我和你之間就有了空隙，空隙隔開了我們，我們的愛有了溫差。以前覺得有愛就行了，有愛就可以戰勝一切，但現在知道，生活不只是愛，生活還有很多現實的成分。

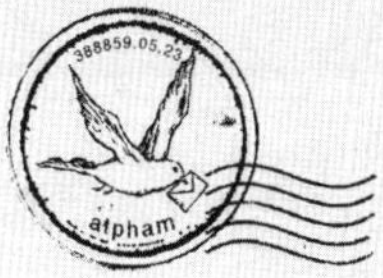

愛也有無可奈何的時候，愛也會暗淡，愛會變。

也許這就是愛的本質。

又想到一個我特別、特別喜歡的電影《小婦人》。喬和勞里那樣深愛著對方，陪伴對方那麼長的一段路，爲什麼最後還是無法在一起，不是因爲某些世人的阻撓，天災或者時局，而是因爲他們彼此。她說她覺得自己永遠不會結婚，所以阻止他跟自己說愛；他說他知道她會去愛的，她就是那樣敢愛敢恨的人，而他只是看著，只能看著。

還記得當時看電影時，這一段自己哭得特別厲害，成了我許久的意難平。

現在我似乎可以去接受所有愛的悲劇，愛的結局。或許根本沒有所謂的結局，或許結局就在我們幻想裡，我其實不知道。我發現自己常常會被這樣意難平的故事吸引，好像大家都喜歡這樣的故事，哪怕知道是折磨，也還是會不自覺地深深記住這些故事。也許正因爲有殘缺，所以一切才深刻，因爲有所未滿，所以才一直尋找，去尋找可以填補故事空隙的續篇。

不知道你幻想中的續集是如何的呢？你心中意難平的故事又是什麼樣呢？紙短情長，感謝一期一會的相遇。

祝日日常安。

不朽 230308

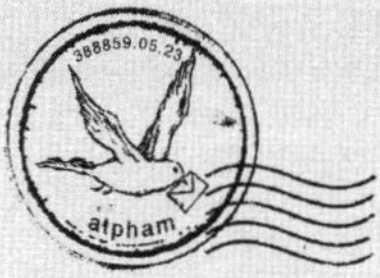

愛的模樣

展信悅，見字如晤。不知道爲什麼四月總是給我一種很模糊的感覺，就像是春日裡偶爾摻雜了一點夏天，有點涼也有點熱，已經不算是一年的開始，卻又還沒走到一年的中間，不前不後，不進不退。可能是一切都還不確定，像是蒙上白紗的一場春。最近一直在忙一些雜七雜八的事情，很少有時候可以靜下心來寫信，現在已經是深夜，書桌前一片凌亂，我甚至忙到了沒時間整理自己的書桌，當生活中一直在趕路的自己停下來一望，發現不知不覺之中，我的生活竟是一片亂糟糟的模樣。

你和男朋友的故事，真的十分美好呢，明明每一步都是偶然，卻有一種命中註定。我總覺得世界上並沒有所謂的偶然，也許是某個節點錯失的公車，也許是掉落，也許是拾獲，也許只是當時沒有的結果，看似是在過程中隨機發生的事件。事實上是這些盤根錯節的錯過和失去、抉擇和意外，成爲故事背後一根一根的細線牽引著這一切，所以，並沒有偶然，一切都是註定的。

每個人都像是一塊拼圖，我們一生尋尋覓覓都在找尋掉落的另一塊寶藏。我們會這樣相愛，不能是別人，只能是你。

你信中提到的，愛與習慣，好像是每個經歷愛的人都一定需要去面對的事情。

長久的愛，需要時間灌溉。當愛變成了習慣的模樣，那還算是愛嗎。我在糾結這個問題的時候，從來沒去想過，愛真正的模樣是什麼呢。如果我想知道習慣是不是愛，就要先搞懂愛是什麼。當我害怕愛久而久之會失去了熱戀的感覺，失去了新鮮感的話，難道我便是默認了愛本身是新鮮感，是熱戀嗎，如果愛只是一股熱勁的新鮮感，那麼，我長久以來堅持著所謂的愛又算是什麼呢。

我很記得曾幾何時他跟我講過的一句話，直到現在，我還是會時不時想起來。他說：「我們只是習慣在一起。」當時我一直想不明白這句話到底是什麼意思，在一起就是在一起，什麼叫做習慣在一起，難道習慣是個貶義詞嗎，難道愛裡面沒有習慣嗎，難道我們不應該習慣在一起嗎？

我不明白，我只是愣然和疑惑，我應該怎麼做，才能讓我們只是在一起，而不是習慣在一起。愛之於他之於我，定義都不同吧。

習慣的反義詞是什麼，是新意嗎，是驚喜嗎，那麼，愛呢，愛便是由這些所組成的？

我的答案是否定的，不對，不是這樣的，不是新鮮感，不是刺激，不是驚喜，愛應該是更加深邃、更加宏大的東西，愛是可以穿越時間的東西，愛甚至可以超越所有意義。如此而言，我恍然大悟，是我一直低估了愛，低估了習慣。

習慣和時間有關，愛和習慣有關，這三者形成了密不可分的樞紐。時間的堆疊是習慣，習慣的堆疊是愛，愛的註腳是習慣，習慣的

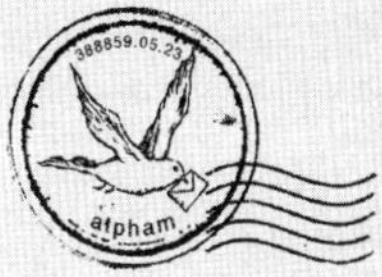

註腳是時間，一分一秒累積的時光，變成了愛的模樣。生命就是無數的時間組成，如此一來，當我們把一段時光交給一個人，就是把生命的一部分交給了他，很浪漫吧，這是我能想像的，關於習慣中最浪漫的地方。我不禁在想，習慣會不會就是愛的沉澱、時間的加冕呢？

習慣是讓一件事物長久地留在我們的生命中，如果這樣都不是愛的話，那什麼是愛呢。

我忽然想要告訴那個時候的他，儘管我們已經不再相愛也不再出現於彼此的生活，我只是想要給當時的問題一些後知後覺的回應：習慣和你在一起，就是我全部的愛。曾經那樣的習慣是我的全世界。

我從習慣和你在一起，到花了好多時間，習慣沒有你，每一個部分都有著好多的愛在裡面。現在我可以跟你說了，我不再習慣你了，意思是，我不再愛你了。

寫了這麼多，只是想要告訴你，習慣不是貶義詞。是習慣把愛刻在我們身體裡。是習慣將愛變得更深、更久，像是一棵大樹的根，讓愛得以繁盛地生長。

所以，別去懷疑那樣的習慣，好嗎？

最近也是遇到一些乏力的事，覺得每時每刻都像是有砂石絆住自己一樣，也明白到不是每個問題最終都會找到回答，我跟自己說，只要萬事對得起自己，對得起世界，不會後悔就夠了。我以前寫過這樣的話：「如果有一天你覺得累了，覺得辛苦，覺得吃力，一定是因爲

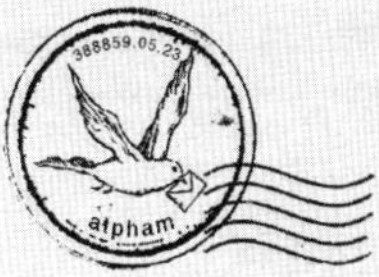

你已經非常非常努力了，正在堅持著爬一座高山，不必去焦慮，就按著自己的步伐一點一點朝向山的高處吧。」

紙短情長，感謝一期一會的相遇。

祝日日常安

不朽 230427

愛的結局

展信悅，見字如晤。很抱歉遲了回信，整個八月的盛夏，我都在準備我的新書，很多日出和月升都混在一起，像是時間裂出了一道縫隙，而我被困在裡頭，晝與夜模糊得如同不分畛域，但我同時又覺得這樣的混沌是浪漫的，並不是什麼都需要分明，我可以在人間自成一片濁色。

要去愛一個人真的不容易呢，看著關於那個好久不見的「她」去追尋眼中的光芒的故事，心裡除了生起了憐惜和遺憾之外，還有一些美好的悸動。雖然「她」的故事似乎沒有一個什麼結局，但並不只有好的結局才會留下好的東西。我覺得所有關於愛的故事，都像是給自己生命之樹灌溉那樣，你不知道什麼時候會結果或開花，可能有，也可能沒有，可能是眼前，也可能是十年後。

現在回想起我的初戀，也像是美好的時節裡閃閃發亮的寶石，我們曾經是學校裡的明星情侶，後來因爲被家人發現談戀愛，上演了一齣偏狗血的分手戲。我失去了所有的自由，不能用手機，不能參加課外活動，一下課便要馬上回家，這樣的生活持續了一年多，等到家人完全相信我們已經分手了，才慢慢放寬我的行動自由。那時我們已經高二，也不在同一個班上，有時候很難在學校見一面，我一直想，等到我畢業之後，就要離開家裡，跟他重新在一起，這樣的想法一直支撐著我度過漫長又無光的高中生活。在高中最後一年，我在一次無意之中，有了和他姐姐交談的機會，從她口中得知，原來他早在高二的時候就交了新女朋友，是一個不太起眼的女生。我身邊的所有同學都瞞著我這件事，沒有人敢跟我說，就在那瞬間，我的初戀無聲無息地結束了。不對，其實在更早的時候就結束了，早在家人強迫我們分手的時候就結束了。我印象很深刻，那是最後一次和他通電話，那時他跟我說：「對不起，我沒能陪你走到最後。」我們都哭了，原來這就是我們的最後。關於畢業後重新在一起的念想結束了，我的青春也跟著結束了。

要說這種戀愛給我的生命之樹結了什麼果子，當下想到的應該只有破碎和傷心的記憶。要到很後來，在我快要大學畢業的時候，一次偶然的機會下，重新遇上他姐姐（但跟他本人自高中畢業後就沒有聯繫了）。姐姐告訴我，他現在成了一個會劈腿的渣男，開玩笑說還好我跟他分得早，我只是哭笑不得，心裡又有點惆悵，在我的記憶中，他曾經是個多麼耀眼和溫暖的人，爲什麼會變成現在這樣呢。然後又聊到了很多我不知道的事，當時跟我分手的時候，他常常一個人在房間裡哭，後來他談了許多戀愛，卻再也沒有爲哪個女孩哭過了。還說，他將我的照片一直留到現在。

其實這段話並沒有任何意思，像是敍述當時的情形。在我大學畢業的時候，已經差不多連他長什麼樣子都忘了，聽到這件事，只是讓我重新回想起那段時光。可能是多了一些歲月的撫平，我發現那段時光不再那麼刺痛我，也因爲封存的記憶被掀起，我想起了很多我奮不顧身去愛一個人的場景，爲了他做些什麼，爲了他跟家人決裂等等的勇敢。一想起那個自己，我就覺得雖然最後沒結出什麼果子，但是那段時光，永遠都那麼閃閃發亮。

沒有結果嗎，其實是有的。這些記憶提醒我，下一次還是要奮不顧身地去愛，提醒我，要記住愛一個人時的熱淚盈眶。

雖然現在的你，也就是故事裡的她，或許仍在愛和放棄之間徘徊，抑或是已經整理好喜歡他的心情，準備往前走，也可能只是不斷地原地踏步，捨不得放棄已經付出的眞心。但無論是哪一種，我希望你不要覺得這是一段黯然失色的時光，我覺得這個故事、這段時間，

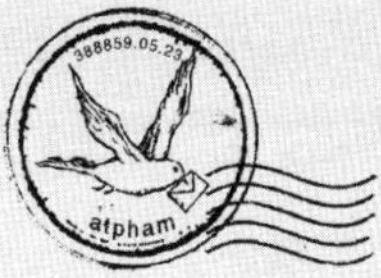

是帶著光亮的，像是陽光照在海面上那樣。

好久不見的她，只活在時光裡的她，請你務必常常記起她，記起她的時候，請不要忘記，像她那樣再一次義無反顧地去愛。

最後，謝謝你的來信，希望你在學校的一切都順遂，想要實現的都能夠靠自己的努力達成，祝日日常安。

不朽 240905

家的定義

展信悅，見字如晤。最近我總是能感受得到季節交替的軌跡，雙手不再因爲冰冷而僵硬，無法很好地書寫，我正緩慢地結束自己的冬眠，爲下一次花期準備，寫一些意味不明的文字，許一些荒唐的願望。我知道春天不遠了，一切都會有結束的時候，聽起很悲傷，但我卻覺得，這也是一件很美的事。

我一直覺得自己是一個沒有所謂家的人，並不是什麼戲劇性的那種家破人亡之類的，只是礙於我的父母親在我離港到臺北念大學時離異，因此重新踏上原本熟悉的家鄉時，才發現那已經不再是我的地方。從那以後，每當我回「家」，都要分開見我的爸媽，分開的愛，分開的對待，以致於我對於實際上應該是家的地方（也可以說是住址）並沒有歸屬感可言。「家」之於我，更像是一個住處，而並不承載著更多的情感在裡頭。於是我開始想，什麼是家，我要去哪裡，我屬於哪裡。這是我開始異鄉生活的日子中，每每總會思考卻又每每都沒有答案之事。

家，什麼是家。

想到大學，最先浮現的，並不是我的學習或課本，不是那些絮絮叨叨的文言文和名著，也不是我的老師或同學，不是師大的教室或師大夜市。現在回想起，最深刻的便是我的宿舍。那是我在外流浪的年年月月裡曾經的住處，曾經的歸屬。

不知道是不是天底下的大學宿舍都如此糟糕（笑），我的宿舍生活就是這樣。師大的女一舍是我大學住了四年的地方，那是一幢很老舊的宿舍樓，六人的房間十分逼仄，上側是古舊的木床，下側是衣櫃和桌椅，上床的樓梯更是鏽跡斑斑，踩踏時會發出刺耳的吱啞聲，冷氣不怎麼機靈，風扇霍霍作響，木頭會脫落，地板總是髒兮兮的，加上公共澡堂，發臭的洗手間，那時我第一次知道原來女生們的生活可以這麼骯髒。住進這樣的宿舍，給我一種囚房的感覺，不好，非常不好，想到自己要在這樣的地方度過應該是閃閃發亮的大學時期，就有種想要馬上買機票回家的衝動。

可是我不能回家，這裡將會變成我的「家」。

和我同住的室友們都是來自不同國家的僑生，當臺灣的同學們因連假回家，整幢宿舍大樓空蕩如也，我們這幾個總是乖乖地待在宿舍，做彼此的避風港，這間小小的宿舍房，是我們唯一的歸處，於是我們只能利用僅有的一切，去美化這惡劣的環境，將它打掃乾淨，鋪了軟綿綿的地墊，添置了簡單的裝飾，因爲我們知道，除了這裡，我們沒有任何地方可以去。

異鄉人的生活並不順利，有時會被同學疏離，也可能只是因爲我們並不合群，充斥著我們大學生活的並不是精彩的社團生活、曖昧的學長學姐、熱血青春的活動，而是無盡的打工、熬夜和刻苦夜讀。儘管是如此，至今每當想起那破舊不堪的宿舍，我仍然還是無比的懷念。

就像你說的那樣，其實好事並不多，而糟糕的事情一大堆，不停地來，解決了一件又接著一件，跨過這座山之後，還有很多很多座高山。但是一切總是會過去，一切也都有結束的時候，而記憶會留下來，變成人生的舊照片，事後重新回看這些逐漸褪色的舊照片時，糟心的感覺會被歲月洗刷乾淨，回憶會被柔化。

有一次因爲打工行程把我累倒了，深夜生病發燒，室友連夜出門給我買粥。我哭著說第二天沒辦法去上班了，她們幫我去跟店長請假；後來我憂鬱症發作的時候，她們會煮飯給我吃；知道我失眠很嚴重，日夜顛倒，無法入睡，她們深夜會爲我留一盞燈；大二的時候我

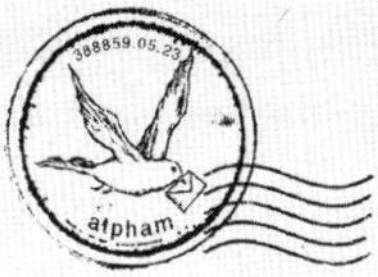

們一起買了軟骨頭沙發，有時深夜會窩在一起看電影，然後在某人不小心睡去時，其他人會靜悄悄地爲她添一張被子。好多好多，這些細碎的記憶，灑滿了整段大學的時光，這些碎片並不顯眼，它們藏在許多糟心事情之中，要到很久很久以後，才能發現它們的珍貴，它們是那樣美好，細碎得我根本抓不住。我才開始意識到，那就是我的家。

當我夜歸或迷路時，我才明白世上有人爲你留一盞燈，是件多麼難得的事。即使我們不知道自己明天會在哪裡、要去哪裡、歸屬哪裡，在那一刻，那個宿舍就是我們彼此的家，而我們就是彼此的家人。

家，什麼是家。我覺得跟血緣、戶籍、家鄉這些通通無關，而是一個可以接住自己的地方。哪怕這個地方並不長久，只是短暫的停留，但只要這個地方在某段時間能夠接住自己，我認爲那就是家。

如今我們已經各奔東西，也不再是從前迷茫的孩子，我們有了各自的職業，成爲了更加成熟的大人，我們不需要再困在狹窄的六人宿舍中，已能靠自己的努力擁有自己的家。曾經的一切很糟糕，但是成正比的，這些糟糕的回憶也同樣美好，一直、一直溫暖著現在的我。

最後，希望你出國交換一切順利，到了陌生的城市，遇見陌生的人，將陌生的住處短暫地稱之爲「家」，感受從前沒能感受的、從前不曾意想到的，爲這段時光上色，讓它閃閃發亮。一如既往地，奔向難忘的回憶。一如既往地，熠熠生輝。

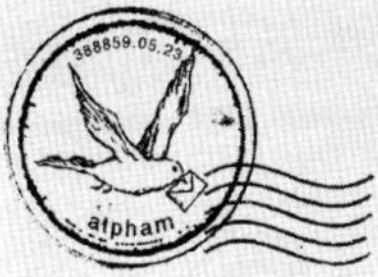

紙短情長，祝日日常安。

不朽 230315

說再見

展信悅，見字如晤。天氣一下子冷了起來，我不是一個喜歡冬天的人，所以總是得想盡辦法讓自己能夠順利地度過每一年的冬天，謝謝你辦了這個聖誕交換書信的活動，給了我一些在冬日裡做些什麼的動力和作業。這裡的作業是褒義的，我已經離開學校很久，久到沒有人給我作業了，我想念那些有課業、有同學、有老師的日子，我想念那種有人教導、告訴我該怎麼樣的日子，成爲大人之後，就再也不會有人告訴你，你該怎麼辦，突然間你要學會怎麼照顧好自己。

感覺每年一到十二月，就開始有各種關於舊和新的東西在交替。比如說，從十二月開始我已經在用二〇二五年的手帳本了；比如說，各大誠品和博客來的年度榜單在提醒著我又一年過去了；比如說，回家待了幾天、跟家人們相聚。一年走到最後，好像就開始總結今年的自己做了些什麼，很多年度總結，歌單的總結，記錄的總結，清單的總結，圓滿了的和未滿的，來了的和走了的，達成的願望或留下的遺憾，很多很多，按照著時間的曆法，我們好像就必須要跟這一年說再見似的。

說再見，是今年對我來說，特別意義重大的事。準確來說，是我意識到，我並不需要跟一切說再見。這件事對我來說，特別重要。也許是因爲我一成年就離家，一個人在異鄉生活，發現自己一直都在跟什麼說再見，跟從前說再見，跟熟悉的家鄉說再見，跟兒時的朋友說再見，然後隨著去到不同的城市生活，我跟愛人說再見，跟家人說再見，跟我認爲應該會一輩子的摯友說再見，然後當我重新開始想要不再說再見，想要在一個地方建立起什麼的時候，卻又跟宇宙說再見。

我時常在想，人的一生到底要說多少再見。

直到寫完了今年的新書，我才意識到，其實根本不需要跟任何人事物告別，一切都存在，只是以不同的方式，現在或者過去，不是只有實體的東西才是眞的擁有，一切變成了經歷，變成了記憶，變成了我，這麼去想，其實沒有任何東西離我而去，只要我還想得起來，只要我願意。當我明白自己不需要再說再見的時候，才終於能夠眞正地重新開始。

曾經我覺得自己再也沒有健康的土壤去種樹，展開新的生活，現在終於知道，我不是沒有能力重新開始，或者重新去愛，我只是害怕，害怕自己又會失去。但是現在，眞正讓我害怕的，不是失去，而是在我還有愛的時候，不去開始。

這也算是其中一個我對於今年的總結吧，不知道你又會對自己今年有什麼樣的總結呢？明白了些什麼事，又或者是不明白些什麼，我認爲兩者同樣重要。我們常常只是著重於自己明白些什麼，卻沒有發現自己不明白些什麼，也是一件格外重要的事。只有在不明白的時候，才會因爲困惑而去尋找，所以我希望自己仍然有很多不明白的事情，這樣我就會更加努力生活，想盡辦法去理解那些陌生。

最近越來越冷了，我感覺自己已經開始冬眠，結成了一塊厚厚的冰，請注意好好保暖，希望這封信能在冬日裡給你些許溫暖。感謝一期一會的相遇，敬頌冬綏。

不朽 241219

失去

展信悅，見字如晤。開始寫這封信的時候，還是極寒的冬夜，手腳都被凍住，如同被季節冰封在冰窖裡，明明是清醒的，卻動彈不得。冬天時常給我這種感覺，冰天雪地，無處可逃。於是這封信就一直被擱置，直到三月份，陽光終於穿過時間，穿過季節，漏進生活裡，我才終於有力氣往前走。

失去，關於失去，是的呢，我想應該沒有人會不害怕失去吧，這是一件無論經歷多久，還是無法習慣，無法坦然，也無法輕易釋懷的事呢。

當和一些人相遇，結伴同行，彼此相知，走過一段路，一起度過一些時間，在對方的生命中留下一些皺褶；如果這個人離開了，生命沒有絲毫變化，沒有傷心，沒有難過，那麼與這個人相遇的意義又是什麼呢。正是因爲交集的時候掀起了浪花，生活才會因爲失去而沾濕了一角，所以生活有所改變是必然的，那是因爲我們曾經在相遇相知裡善待過彼此，那麼，失去大概就是相遇的代價吧。

我在家鄉有一個認識十年之久的知己，大概七八年前因爲一件極小的事，非常非常小的事而絕交，現在想起來也許已經變成雲煙，但無可否認的是，對於當時的我來說，那件小事就是割開這段關係的利

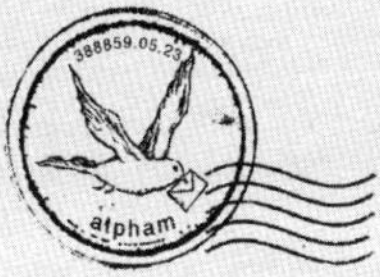

刃。我一直沒把這件事說出口，也沒和她和好，兩個人便漸行漸遠，背道而馳，天涯遙遠各自安好，起初她一直挽回，希望我們能和好如初，我卻只是沉默不回應，可能是骨子裡的傲氣，可能是自尊心作祟，現在想起來覺得奇怪，到底是什麼讓我變成一根尖銳的刺呢。

直到兩三年前，我和她的共同好友結婚了，我們在婚禮場合重逢，像大人般那樣得體地寒暄幾句，親切友好，可是彼此相視的時候就知道，再也回不去了。就像是割裂的繩子，無論如何努力去打結，那個斷裂的痕跡無法抹除。

結，會一直在，因爲繩子在很久以前就斷了。

如今我已經不再覺得悲傷，這是生命的常態，對吧。和曾經親密的人漸行漸遠，失去從起初的劇烈，到後來的平淡，如今想來，輕得逐漸不再能夠牽起心湖的漣漪，該說是時間的作用嗎，這麼去想，應該說是時間的善良還是殘忍呢。

很多時候我也會像你那樣，總是去想，如果當時我們沒有因爲那件小到不能更小的事而絕交，我們會是怎麼樣呢，是不是會常常講電話啊，是不是會一起去好多旅行，時不時分享心底的秘密，穿閨蜜裝，爲她笑，爲她哭。會的吧，我們會有不同的結局，比現在更好的結局，我們還會陪伴在對方身邊，我也許會看著她結婚，成爲她的伴娘，而如今，這些事情已經不再可能。沒有到來的結局，像是一條不歸路，總是困住我們。

然而我現在明白了，那個想像中的結局，永遠都會是美好的，因爲想像是想像，現實是現實，我懷念的，自始自終，不是她，而是回憶中的她，你懂嗎。歲月讓我們都改變了，可是我對她的記憶永遠停留在我們分開之前，我懷念的，是那樣的她；我可惜的，是那樣的她，但是她和我一樣，已經不在原地了，我們都在時間的平行線上走，沒有人留在那裡了。

這是件悲傷的事嗎，是的，離開和失去就是這樣子的呢，我不想去美化任何失去，這是相遇的代價呢，我不可以只要好的，而不去承受那對應的責任。可是那不代表失去沒有意義，我現在還是偶爾懷念，卻又一直往前，因爲我已經把最好的自己和最好的她，都安放在回憶的漂流瓶裡了。現在我想起她，就像是風拂過那般，輕柔又淡然，感謝從前的相遇，感謝後來的分別，我知道她現在過得很好，我呢，也在盡力地過好自己，這樣也挺好的呢。希望你也能夠這麼去想，讓那個人像是風那樣，掠過自己的生命吧。

最後，還是要抱歉，遲了很多回信，天氣逐漸暖和起來呢，希望春天快點來，我已經迫不及待想要有新的開始了。

感謝一期一會的相遇，日日常安。

不朽 250308

追星

展信悅。三月到了呢，天氣回暖了一些，我感覺自己不再睡一整天了，雖然有點姍姍來遲，但總算是開始計劃今年想要去做的事情，我發現自己總是慢了世界一拍，大家在跨年的時候許下新年願望或訂下新年目標，我要到了冬末春初的時候才能這麼做，以前我總覺得自己遲了開始，但是我現在知道，開始就是開始，沒有什麼遲不遲。你呢，有好好計劃今年了嗎？

看到你的信件內容，總是浮現十八歲的自己，每次當我生活陷入某種艱難的困境時，那段發光的記憶都會隔空接住正在墜落的我，雖然是如此遙遠的人，卻能用力地托住我，不讓我完全的崩潰。想起他，就覺得生活像是被鑲上金邊，他的光照在我身上，彷彿我也在某些時刻變成一個可以發光發熱的人。

最讓我印象深刻的，是十八歲生日當天。當時我考完了升學考，邊讀書邊打工兩三年已存了一點小錢，計劃著考完試之後去一趟韓國旅行，那也是我人生第一次旅行，從來沒有坐過飛機的我，離開自己熟悉的地方，踏上偶像所屬的國家。因爲偶像，我從國中開始就自學韓語，所以這次的旅行也算是現實生活中第一次的韓語實戰。

那年我的偶像開了一家咖啡店，他偶爾會去咖啡廳當「一日店員」，而這偶然的一天，恰是我的生日。我一直不覺得自己是一個幸

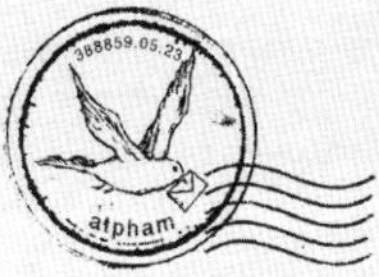

運的人，然而就在十八歲生日當天和他見面，用生疏的韓語和他說話，告訴他我是從香港千里迢迢去見他，跟他說，他是我荒寂生活中的亮光。問他，今天是我的生日，可以跟我說聲生日快樂嗎。我記得他把咖啡遞給我的樣子，記得他穿什麼衣服，記得他跟我說生日快樂時的神情。

在要成爲大人的那一天，我像是被神淺淺地眷顧了，賜予我一場盛大的成年禮，給了我長大的勇氣，彷彿跟我說，別怕，成爲大人或許也不是一件太壞的事。

我相信每個人的生命中一定也有著這樣的存在，他在很遙遠的地方，像一顆熾熱的恆星那樣照亮著我們，給我們面對生活的勇氣，給予我們對明天的期待，隔空撫平我們的難過，又無聲接住我們的不安。

至今爲止，我寫過很多很多關於追星的文章，我的每本書裡都總有那麼一、兩篇是跟追星有關。關於追星這件事，我總是樂此不疲地書寫，我想讓所有人知道，這是一件多麼幸福、多麼美好的事。每一次都幾乎在寫他們是如何照亮我的，這次就寫一些關於他們是如何讓我學習更多的吧。

因爲偶像，我學會了新的語言，也因此去了韓國留學，考了語言檢定。在追星的過程，爲了製作應援物，我學會了設計和製圖，這些技巧也更加豐富了我的創作，使用在出版書籍上，讓我做出很多獨一無二的書。去看演唱會的路途中，我看見很多以前沒見過的風景，去了更多的城市，拍了更多的照片，這些照片記錄著每一個階段的我，成爲了人生很重要的回憶。我因此認識了很多的朋友，看見更大的世界，成爲了更好的人。

在別人的眼中，我們或許只是一個「迷妹」，但是只有我們知道，他們之於自己的意義，他是在那麼多的時刻拯救了我，告訴我不要害怕前行，不要害怕明天；他帶給我的，比我想像中的還要多，而我決定要用自身去證明這件事。

我相信喜歡一直都是自己去定義的，只要我足夠喜歡，一切都充滿意義。現在的我，雖然不再像以前那樣追星了，我對他們的愛也不再瘋狂，轉爲一種安靜卻錚然的喜歡。他們默默地佔滿我的生活，默默默地支撐著我。

跟你分享一件美好的事，下個禮拜我要去日本看偶像的演唱會啦！在計劃行程時，感覺自己死寂的心臟慢慢地甦醒起來，很喜歡這樣的自己，希望你也是，我們應該爲每一種喜歡都感覺到驕傲的。

最後，紙短情長，我想對我們來說最好的祝福是：想去的演唱會都能買到票，買專輯都能抽到想要的小卡。生活有愛，追星愉快。

祝日日常安。

不朽 230314

輯 3

寄。
放迷茫和勇敢

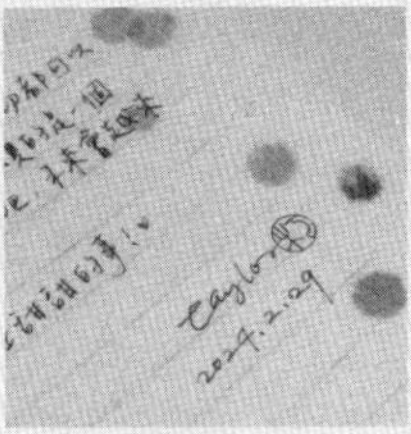

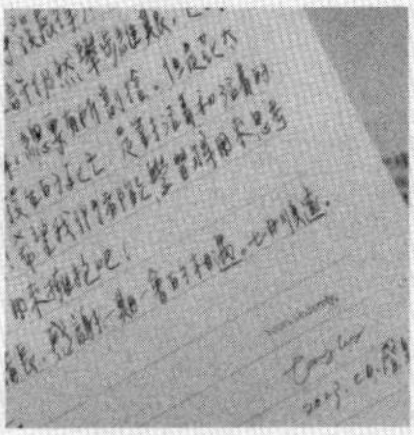

成長痛

展信悅，見字如晤。七月的最後一天，盛夏來到了最炎熱的高點，今天出門的時候下了一場暴雨，本來猛烈的太陽忽然轉化成猛烈的雨，夏天的一切都很凶猛，陽光熱烈地來，又熱烈地去，我總能夠在這樣的熱烈裡發現源源不絕的生命力，這是我喜歡夏天的原因。

十八歲，確實會讓人有著美好的憧憬呢。脫下校服，去到更大的世界，走進未來，與某人相識相愛，成爲像樣的大人等等，我以前也總是有著很多這些幻想。可是我的十八歲

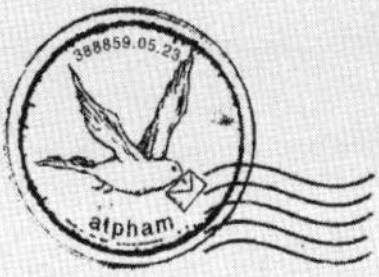

並不美好，比起這些閃閃發亮的場景，我認爲每個人的十八歲都會經歷一場再也不會重來的成長痛。

太多事情讓人迷惑，生活擅長製造一個又一個謎題，卻又總是狡猾地逃脫解答的責任，再也沒有人給我們答案，這是最茫然的一件事。從前在學校、在家庭，總是有人告訴我們要做什麼，我們會覺得被束縛、被囚困，一直都被教導著要聽話，大人說這是一種美德。但在突然之間，要把這個「美德」歸還給學校；突然之間，要學會自己做決定，不用聽誰的話。會以爲的自由，其實是遙遙無期的迷茫和不知所措，於是我們就這樣被拋進未來裡。

那是一場分水嶺，世界告訴我們不再是小孩子了，一下子被分類爲成年人，隨之而來的，是社會、是現實，是從前大人們沒能教我們的一切。一夜之間，要我們去懂得怎麼做個成熟的大人，從此就只能靠自己了。這樣的十八歲，註定是不美好的，我們會推翻自己的憧憬，打碎從前的幻想，有過的希望會變成了失望，曾經的嚮往都變成了遺憾，當這些事物褪下了魅力之後，我們剩下什麼呢，淚水、迷茫和絕望，被生活打濕一遍又一遍，細碎的痛苦綿延不絕，一望無際。長大，眞是一場漫長的成長痛呢。

在這樣的陣痛裡，我開始意識到，對人生的困惑是永無休止的。活著的每刻都是努力的過程。不一定只有往前才算是努力，停下來休息、猶豫、左顧右盼，也是一種努力；糾結、迷惑，也是人生裡重要的事。我認爲比任何事情更重要的，是我們不停的思考，想要什

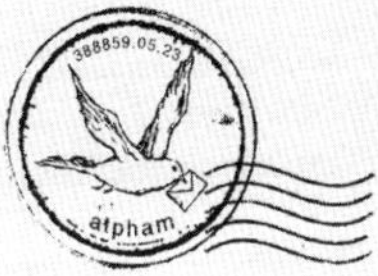

麼、想去哪裡、要如何做到的狀態。因爲你不想盲目去走一條認定的路，去認同那些理所當然的道理，去過公式化的人生，去相信人們所稱頌的信仰和歸屬，你開始有了自己的思考，有了自己的想要和不想要，有了你心目中對於自由的模樣，這便是你現在正在努力的事。這便是困惑給我們帶來的良果。

去迷茫，去糾結，以及不知所措，向世界、也向自己發問，然後用自己的方式艱難地尋找答案，幸運的話，很快會找到，也可能還需要花一些時間去碰撞，甚至也有可能你發現自己完全走在一條不太對的路上。

或是，跟你預想的模樣大相逕庭，你不知道自己在做什麼，然後你對自己失望，你爲現況不滿，你會質疑，也會埋怨，但是你不會放棄。悲傷、難過、忿忿不平、失落和不甘，這些都不是放棄，而是一種努力的表現。讓我告訴你什麼叫做放棄，放棄是你再也不會失望也不會不開心，你不會質疑也不會埋怨，你只是「哦」的一聲接受，覺得一切再也無所謂。

你看，你一直都在努力。並不是只有往前才算是努力，不放棄本身就是一種很了不起的努力。決定休學的你在努力，決定復學的你也是，只是用著不一樣的方式去尋找自己在世界裡生活的可能性。

成長並不一定有什麼成就。更多只是寂寂無聲的夜晚，以及只有自己才知道的孤獨心事，當然還有熬過這些夜晚的你。多年之後，你

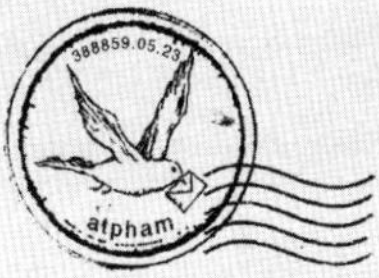

也許不會記得這些晚上，但你會感謝那時候努力撐過這些成長痛的自己。我們的十八歲，以一種更加別緻，更加深刻的方式，留在我們的生命之中。

最後，感謝一期一會的相遇，請別害怕去迷茫和糾結，別忘了要一直一直許願。盛夏愉快。

不朽 240731

活著必需的迷茫

展信悅，見字如晤。四月已經過去一半，說實話，我應該開始寫稿了。冬天過去了，天氣也暖和了，春天的花開了，也應該要開了。上一個季節裡，我常常以冬眠的名義來說服自己，人可以有停滯的時間，像是花朵、像是候鳥，也都有消頹和凋零的時候，不要緊的，等到春天一到，我就會從漫長的冬眠中醒來。春天到了，花應該要開了，可是我仍然、沒能像我期望的那樣，走進下個季節裡。要做的事沒有完成，要丟的東西沒有清理，我只是很茫然，很空蕩，不想有任何的開始。

前幾天母親給我傳了訊息，我平常甚少跟家人聯繫，她說因爲我下個月要生日了，想不想去哪裡旅行，可以的話，一起去玩。然後又跟我說，表弟下個月去日本，我們一起去好不好？我不知道，只回了一句「不想去」。然後她又再問：「那你想去哪裡？」我愣了好一會兒，下意識地打了幾個字：「我哪裡都不想去」。這就是我最近的狀態，我哪裡都不想去，不知道該怎麼跟她說，我不是不想和家人一起去旅行，我只是沒有想去的地方，沒有想做的事，我沒有想。

人會在每一個階段都感到迷茫，這是我的結論。

無論你成就了些什麼，達成了多少目標，賺了多少錢，是否滿足了所有人對你的期望，最後你還是會感到迷茫。這個迷茫解決了，會有下一個迷茫，你會一直對生命感到困惑，沒有什麼所謂的徹底的滿足，沒有什麼所謂的知足常樂。人們對「理想狀態」的一個迷思是，只要我達到了，我的一輩子就圓滿了，然而事實是，我們達成了，就會有達成的煩惱和困惑。這聽起來很絕望對不對，可是我想說的恰恰是，我們的迷茫是永無止境的，因爲這相當於活著的感覺。

常有讀者來信詢問我人生的建議，每當到了這種時候，我都很茫然，因爲在我的角度，我的人生也是一場糊塗，我和你們一樣對人生充滿困惑，一樣懊惱，一樣不知所措，一樣會因爲很小的事就崩潰，一樣常常碎不成形。就算現在的我已經實現了兒時成爲作家的夢想，就算我成功出書了，已經像個成熟的大人了，我還是覺得自己的生活亂七八糟，經常作繭自縛，覆滿悲歡。我有更懂事了嗎，我有了解更多了嗎，如果人生眞的如此昭然若揭，那世界上所有煩惱都能夠輕易迎刃而解。

不是的，人會一直有困惑。因爲這就是活著的感覺，心臟跳動，腦袋轉動，沒有一刻是靜止的，那也就意味著我們會一直思考，一直迷茫，一直流動。

看見你的來信，關於家人給的壓力、同儕或男友的比照，這些外在的種種，其實都在訴說一件事：你並不知道自己要的是什麼，所以你才會覺得應該像大家那樣有一技之長，男友也有明確的目標，而你沒有，你的壓力說到底並不來自於任何人，而是來自於你自身。因爲這樣的迷茫而卻步，要是做著現在做的事，我能滿足大家對自己的期望嗎，我能給大家一個交代嗎，你無法心安理得，因爲連你自己都不知道自己該怎麼往前。

人生的建議呢……聽起來很沉重，但我想說的是，你現在做的任何事情，都不是爲了給任何人交代，人生不是交作業那麼簡單的事，如果只是有人跟你說要做什麼，然後你照做，就能過好生活的話，這個世界就沒有任何難關了，也就沒有任何意思了。人生是一個又一個的旅程，找一個目的地，然後朝著遠方前進，路途中會有好天氣、壞天氣，有遇見有離別，有抵達有離開，有滿足有失落，有期望有失望。或許，突然中途改變目的地，又或者像我這樣，突然哪裡都不想去，這些也是常有的事。誰能確保旅程中不會出任何差錯，誰能確保

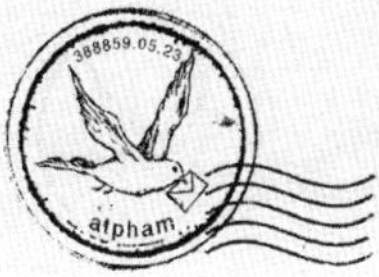

目的地就如同自己想像的那般，難道一切有了確信，就會更加美好嗎？也許不是的，正因爲一切都不確定，旅途也就有了未知的魅力。

然後，我想要你先做一件事，糾正自己的說法。你說「我已經二十一歲了」，我希望以後你能將「已經」變成「才」，我才二十一歲。你才二十一歲，如果漫長的人生，二十一歲就知道該怎麼走了，二十一歲就能知道人生的軌跡，這幾乎是不可能的事。你二十一歲覺得對的事情，三十歲會覺得幼稚，別說到了三十歲，甚至是二十五歲的自己也未必能夠共感，你隨時隨地都在轉變，又有誰能決絕地說，一輩子只做一件事，只愛一個人呢。所以，別害怕現在的困惑，現在所有的困惑，都是因爲你在思考著，這是尋找路的時候才有的困惑，你應該爲它感到驕傲。

從今天開始，把「給大家一個交代」改成「給自己一個交代」。去思考，未來做什麼事才不會讓你對自己失望呢，去思考屬於你的人生目的地是哪裡，你想要什麼樣的生活，什麼樣的未來。比如，你想要能做喜歡的事的未來，你就去做喜歡的事，然後努力做到最好；比如，你想要有個富有而穩定的生活，你就去做能賺錢、足夠穩定的工作。先問問自己，你渴望的，是什麼樣的未來，而不是家人渴望的，是你。

然後第二個提議是，別貪心。沒有都能實現的未來，你選擇要做喜歡的事，就要接受它可能會失敗、自己可能會被熱愛反噬；你選擇穩定的工作，就要接受它的沉悶、它的單一。有得也有捨，捨棄些什麼，再換來些什麼，沒有什麼都有的未來，沒有完美的人生。

最後的建議是，作出選擇，然後堅定，並且不爲自己做的選擇後悔。可以錯，錯了就重新來過，錯了就是經驗，就是學習，允許自己犯錯，允許自己走彎路，人生很漫長嘛，有點錯又如何。

以上是我的一些小建議，其實也是我常常會叮囑自己的話。屬於我的目的地在哪裡呢，我也還不知道，我想我永遠不會知道，曾經我覺得「成爲作家」是目的地，原來它只是一個驛站，我抵達了這裡，然後又再次出發，走往下一個目的地。我一直在奔往，偶爾也會有像現在這樣，哪裡都不想去的時候，感覺自己只是坐在一艘小船上，四面八方都是海，我就在中間飄啊飄，不知道該往哪兒去。有時是自由，有時是迷茫，有時只是空蕩蕩，一如我所說的，人生很漫長嘛，那又怎麼樣，我猜現在就是讓我坐在小船上看海的時候吧。

感謝一期一會的相遇，希望你一切都好。

不朽 250416

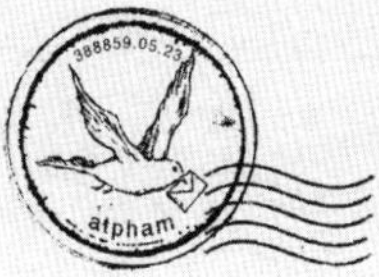

色彩混合

展信悅，見字如晤。已經好一些時間沒有寫信了，我發現冬天裡要執起筆寫些什麼，是件很需要勇氣的事。上一次我寫信給一位讀者提到，白晝漸漸地變短，夏天已經不知不覺地過去了，夏天總會過去的，它從來不會跟誰說再見。再然後我的時間彷彿是停在了那裡，在季節與季節縫隙之間，我忘了今天。

時間的刻度在冬天裡變得很模糊，好像我連同大地一起進入了緩慢的冬眠。十二月初，時隔一年回家，和親友見面、吃飯、相聚，和我親愛的表妹久違地見面，帶著異鄉人的身分穿越在不同的城市，就會發現，生命是一個分道揚鑣的過程，能夠像這樣聚在一起的日子，以後會越來越少的，因爲越來越少，而顯得越來越珍貴。

我常常覺得自己變了很多，而她也是。在我心中，對於她的印象好像總是停留在五六年前，我正準備讀研究所，她剛才考上教師，我們在盛夏的夜晚漫步，騎著腳踏車，吹著夜風去吃火鍋。我不敢相信像她這樣內向的人，如今已經可以在衆多學生面前自如地講課。她也不敢相信，那個一直說著要熱愛世界的我，在經歷生離死別後，不再相信世界會變好。

改變眞是件很可怕的事，對不對。總是會想，要是有一天我變

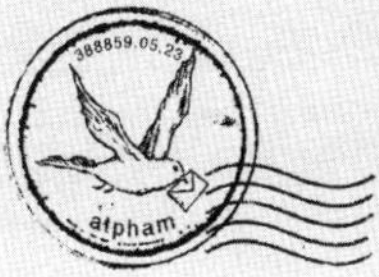

得更差了呢？又或者，要是我變成了小時候自己最討厭的那種人呢？要是我變得連自己都認不出來，我親近的人也認不出我來，那麼，我該要往哪兒去尋找自己呢，那麼，我還是我嗎？擁有伴隨著失去，經歷伴隨著改變，眞心伴隨著傷心，每一件事都是，有著它相對應的代價，一切都似乎很公平。於是到了後來，我們的心會滋生出一種膽怯，爲了不要割捨自己的某部分，寧願不再去感受什麼。

可是我很快便意識到，這樣就不會再改變了對嗎？那變得卻步的自己，難道不也是一種變嗎？

是啊，人怎麼可能不會變？很愛過一個人，幾乎耗盡了全部的自己，在分開的時候被打碎得四分五裂，不再完整。在人群中給予眞心，換來的卻是欺騙、背叛，被世界的陰暗所淹沒，於是築起高高的圍牆，不再相信。經歷生離，經歷死別，目睹珍重如命的人事物一個接著一個離開自己的生活，曾經告別的時候哭得天崩地裂，如今只是遙遙相望，彼此沉默不語，不再聲張。

怎麼可能不會變呢，在經歷了那麼多以後，如果我依舊如昔，所有的故事都如同溪澗淺落，不著痕跡的話，那麼，所有的經歷是不是就失去了本身的重量？

因爲碎得四分五裂，而學會拼湊碎片的自己；因爲曾經被欺騙過眞心，而懂得更加謹愼付出的自己；因爲說過太多再見，而更加珍惜相遇的自己。每一個改變都有意義，每個改變都是屬於自己最獨特的著色。

我特別記得去年表妹無意中跟我講的一句話：「誰都會改變，這又沒什麼。」就這麼簡單的一句話，讓我對所有轉變都釋懷。變就變，這又沒什麼。我所經歷的一切都沒什麼，改變沒什麼，變差沒什麼，變得卻步、變得不再熱愛世界，變得沉默，變得不再相信，這些通通都沒什麼。

很奇怪，明明如此負面的一句話，放在這裡，卻治癒了我。

當天晚上我們久違地聚在一起，吃火鍋、分享生活瑣碎，然後回家聽歌、唱歌、吃宵夜、談心事，我常常被她一句無心的話逗樂，我們就這麼講講笑笑一起熬到天明。

她說：「你還是那麼愛熬夜。」

我說：「你還是會陪我熬夜。」

我說：「你還是那麼搞笑。」

她說：「你還是那麼愛笑。」

當我們聚在一起的時候，就會發現，哪怕這個世界變換得多麼快速，甚至是我們各自的生活有了多大的轉變，抑或是性格、喜好、習慣的變化，每個人都有自己獨特的底色，這是很難以改變的。這麼說好了，我覺得每個人的生命都像是一個調色盤，每經歷一件事、每遇見一個人、每抵達一座城市，都是在爲自己的調色盤裡添加一些色彩。很有趣吧，燦爛的、混沌的、多彩的、迥異的，這些色彩會相互混合，也相互抵抗排斥，每一刻的我們都在改變自己的色彩，但底色

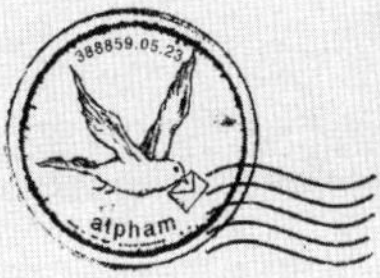

永遠在那裡，成爲我們的內核。

時間像水，將一部分的自己遺忘、洗淨、稀釋，不斷地增加筆墨，加深或者淡淺，這便意味著在不斷改變的我們，永遠都有著不同的色彩，又同時永遠都有著自己的底色。

天亮的時候，忘記我們講到誰的黑歷史，她忽然講了一句：「我記得你從前的樣子。」我愣了一下，明知道她是在說關於黑歷史的事，可我的心還是莫名地被暖了一下。當我們都知道改變是不可逆，那麼重要的就不再是改變或者不改變，而是記得還是不記得。

「我也記得，我會一直記得。」我跟她說，一語雙關，說的是她，也是我自己。

這裡可以跟你分享一件有趣的事。我表妹的底色是極致的善良以及有趣的靈魂，她的善良讓她很容易被家人情勒，而她已經對此習慣了，於是在我們幾個表姐弟之中，她總是最顧家、最負責也最聽話。

至於我的底色呢，大概是極度的獨立和傲氣，很早就獨立離家自己生活，不靠任何人，自然也不會看任何人臉色，家裡的人都不會惹我，他們在背底裡叫我女王。所以我總是會替妹妹弟弟們出頭，因爲我一跟「大人們」講道理，他們一定講不過我，畢竟我也已經成爲了大人們的一分子了。

有趣的表妹很擅長幫朋友們取好玩的綽號，例如她會把自己的暱稱改成：世界一流（劉）因爲她姓劉，而她的好朋友則是：高攀（潘）不起，然後我讓她幫我也取一個，她想了一下，說我是：誰也不理（李），最後我請她幫我室友也取了一個，叫做：放任自流（劉），剛剛好就是我們四個人的底色，就因爲這麼無厘頭的綽號，我們玩了一個晚上，順便也增進了不少詞語的能力。這樣的姓名小遊戲蠻有趣的，感覺很適合在年末時跟朋友聚在一起玩。

零零碎碎地分享了很多，這陣子天氣一下子變得好冷，希望你有一個溫暖的冬天，記得注意保暖。感謝一期一會的相遇，敬頌冬綏。

不朽 241217

難題

展信悅，見字如晤。這是九月的第一封信，不知不覺已經殘夏了，最近的天氣依然很熱，午後我常常會被豔陽曬醒，給人一種好像還處於盛夏的感覺。但每天早晨看著日出的時間漸漸延緩，我便知道一切也像是季節說的謊話，夏天正在悄悄地過去，這種感覺好像是日落的時候，看著紅日燒得旺盛，但你知道它終將墜入海裡，一場夏的狂歡就要結束。

關於信中第一件提到友情的矛盾，這讓我想起剛離鄉背井來到臺北念書的第一年，我在香港有個很要好的朋友，以前在學校，我們差不多就是雙子一樣的存在。但只能在暑假或寒假回去時跟她見面，在聊天的過程，她訴說著城市的變遷，我訴說著離開的哀愁，我們誰也無法眞正地理解彼此的困境，以致於常常會生出一種格格不入的窒息感和難過。這種漸行漸遠的感覺很像錯開的頻道，心裡面的聲音總像是要通過長長的走廊才能傳遞給她，於是回聲越來越大，距離越來越遠。從習慣陪伴，到習慣沒有陪伴，是不是一切都只是時間的問題？

到後來，我甚至覺得這種陌生的感覺逐漸理所當然，也開始學著接受，到我完全釋懷的那天，發現自己已經不再對任何朋友有任何執著或反應，我好像明白了，無論怎麼樣的陪伴，也都有著隨時消逝的可能。某程度上，我成爲了一個非常強大的人，但是從結果來看，我的生活並沒有變得更好。

其實，我並不覺得對朋友產生這種失落是幼稚的，哪怕看起來很微不足道，但那卻是一種心的證明，有某些在意的事，為這些在意的事偶爾刺痛心臟，這樣會使我們的心臟保持著跳動。

雖然這看起來根本不算什麼好的建議，但我的意思是，不必去討厭這種感覺，當然也不用去做些什麼，我們不一定要成為一個心胸廣闊的人。現在想起來，要是我當時沒有強迫自己心胸廣闊，說不定跟她還會是好朋友，有時候人太懂事或者太早懂事並不是一件好事。

第二件語言學習的事，剛好我自己也正在學習日文，之前斷斷續續自學了十多年韓文，接觸過幾種不同的語言，發現學習語言最重要的是興趣，當然這是老生常談了。若你提不起勁去做一件事，是永遠不可能將它做好的，相反，哪怕你再笨拙，只要感興趣，也總是會找到去做的辦法。我覺得「想」便是人生最大的驅動力。

分享一個自己學習語言最常用的方法——重複看喜歡的節目。我是一個很喜歡再刷的人，喜歡的劇可以看無數遍，有時候深夜寫日記或者放空時，將它們當成背景音，只是聽著；很神奇的是，聽著聽著，自然就會記得誰在什麼時候說些什麼台詞，因爲之前已經認真地看過了，也知道台詞的含義，等於把劇中差不多所有的句子都學會了，學會了句子，也就學會了一些固定句式的文法。我發現只要替換名詞、動詞，就可以造出新的句子。

替換、創造和書寫，這三個便是我學習語言的基本方法。將新的詞彙放進舊的句子中，變成新的句子，用這些句子東拼西湊，變成段落，用這些段落簡單地記錄今天的心情，寫進日記中。當然也會有錯，有時候會錯得不自知，但又何妨？

我發現人一個最大的迷思是，我們要正確，不能錯誤。什麼都要是對的，這種「完美主義」的強迫症讓人變得謹慎，人一謹慎起來，就會站在原地，站在原地又怎麼去學習更多的事情、看更多的風景呢？文法嘛，錯了就錯了，錯了就再寫一次、再講一次、再學一次，這並不是損失啊。

我大概是以這種比較不文明的方法來學習，當然最好還是能夠上課或者看書，這個方法可能不太適合考試，更適合應用在日常生活中，畢竟在考試的體制下，我們只能做一個「正確」的人。

關於最後一件感情的事。你願意花時間跨越距離去跟他見一面，說明你願意花時間在他身上，這難道不能說明一切嗎？我們擁有的時間就那麼多，有限的時間在哪裡，我們的愛就在哪裡。第二點是，人在有愛的時候才會想像未來，開始去想像和對方的將來會是什麼模樣，這是一種愛的表現。如果這些還不夠證明，還要去釐清到底有幾分的喜歡，夠不夠強大，夠不夠走完一輩子，那麼，大概一年、兩年之後，甚至更長的時間，也還是得不到答案的吧。

我認爲，談感情並不需要想得太多，因爲我們的心是不可控的，那不是理性的大腦可以思考和判斷的事情。即使有了萬全的考慮，也有可能說變就變，相反來說，即使再兒戲的決定，也有可能天長地久，因爲情感是不可控的，哪怕是婚姻這樣的誓盟也有可能說反悔就反悔，眞心是如此難以言明、不可證實。愛K這樣致命又迷人的事物啊。

若要問我的意見的話，那就是去愛吧，畢竟相遇是件好不容易的事，能夠重逢更加不容易，不是嗎？

最後，謝謝你給我寫了很長的信，希望我的回信能給你一點點有用的建議，如果沒什麼用，就當作是一位老朋友的碎念吧。今天剛看，原來今年已經過去三分之二了，希望剩下的幾個月，你能夠一切順遂，日日常安。

不朽 240907

一起

展信悅，見字如晤。在颱風來臨的夜晚靜靜地寫下了這封信，外面是狂風暴雨，但屋內卻非常寂靜，窗戶被雨水模糊了，外頭的景色一片迷霧彌漫，全世界都混沌失焦，我覺得這便是愛情常常給人們的感覺。身在其中，看不見四周，看不見眞心，看不見未來，一切都讓人迷茫和不安。

我相信沒有任何人能夠在愛情裡面游刃有餘，如果有，那也只是他想要呈現的樣子，並非是他眞正的感覺。因爲當我們的心有了在乎的事物，是很難做到像從前的自己那樣自信、強大、不爲所動。那個人變成了我心臟的主宰，成爲了我的偏愛，我們做的一舉一動都會被對方牽動著，因爲在乎，我們的心上有了軟肋，又怎麼會像以前那樣灑脫。

也因爲如此，我們總是在愛情裡面無法誠實。不是有這麼一句話嗎，喜歡的第一個反應是自卑，我們時常認爲自己不夠好，如果以自己最眞實的樣子去面對對方，對方會不會失望，會不會覺得他實際喜歡上的，只是自己努力營造出來的樣子，萬一他發現，我不值得他喜歡該怎麼辦。

我們有著太多的不安，對於自己有太多的不自信，所以無法做到完全的坦率，裂縫於是由此而生，當兩人之間的裂縫被不自信和不安越撐越大，於是有一天再也無法聽見對方的聲音，有一天再也追不上彼此的腳步。

不安無處不在，沒錯，是這樣的，但是我認爲，不安並沒有不對，並沒有不好，眞正不好的，是隱藏自己的不安。眞正阻隔兩人的，不是「不安」，而是「隱藏」。

那代表著，你既不信任自己，也不信任對方。

愛情裡的疑惑是沒有正確答案的，因爲相愛不是一個人的事，愛裡的不安也不是一個人的事，如果所有關於愛的問題都可以靠自己一個人解答的話，那就不用相愛，不用在一起，不用彼此陪伴，所有的關係也都形同虛設。

儘管我並不太清楚你與男友之間、或男友前女友之間、或者家人和男友之間的一些複雜關係，我仍然認爲這些問題都是兩個人可以一起面對的，因爲愛情，應該是兩人共同書寫的。

試著將你的不安與他分享，或許你會發現所有的不安都是捕風捉影。他其實是能夠理解你眞正的感受，能夠理解你對於彼此的愛的困惑，能夠接住這樣不安的你，爲什麼不能試著去相信，把自己的不安交給對方呢？我認爲能夠誠實地去面對感情，絕對不是一件羞恥的事，而是一件非常勇敢的事。

我其實並不相信人能夠一下子就遇見那個命運中的合適之人，合適是會隨著努力、隨著配合、隨著關懷而改變的，合適也會隨著時間轉變成不合適，而不合適也會隨著努力而變得合適，因爲我們都不是一成不變的。也許你說得沒錯，談著談著也就散了，但爲什麼不能夠是談著談著就一輩子了呢？

我覺得我們時常有一個錯誤的想法是，在關係中只能分享美好的一塊，實際上，長久的戀愛，重點不是如何製造快樂，重點是如何分擔痛苦。

「因爲我還不太明白什麼是愛，所以想要和你一起去尋找答案。」

可以爲愛而努力，其實是一件很幸福的事噢！如果我們都太懂得

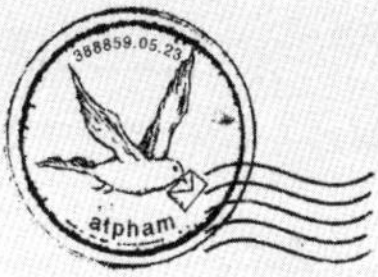

愛，那麼，我們還需要彼此來做什麼呢？希望這些文字能夠給你一些勇氣和力量去面對心中不安的情緒。

最後，感謝一期一會的相遇，盛夏愉快。

不朽 240724

和解

展信悅，見字如晤。抱歉遲了很多才回信，直到現在才能好好打起精神來寫信。最近在早上看日出升起的時候，發現白晝漸漸地變短，夜晚的影子拉得很長很長，於是知道夏天已經不知不覺地過去了，甚至來不及說再見。後知後覺又想到，萬事萬物是不會說再見的，一切只是經過、完成，無聲無息。只有人會說再見，因爲只有人才會捨不得。

剛好今天，我隔了兩個月的時間終於去精神科回診。其實今年我

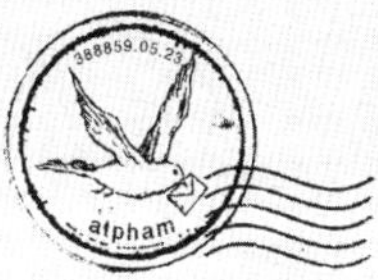

的情況大大地好轉，從春天開始，我下定決心要寫《我心中有個不滅的宇宙》這本書，一邊寫一邊流淚，一邊流淚一邊和解，我不知道是跟什麼和解，是跟自己呢，還是這個世界呢，還是一些我到現在還不明白的事物，是生死呢，時間呢，還是宇宙呢。我不知道，我只是感覺，這些都不再重要，原因、理由已經不再重要，當一個人不再覺得什麼重要的時候，那些肆虐的悲傷也就陡然消失不見，很像是我在書寫的過程，把那個悲傷久蛀的心臟重新洗刷乾淨，清理內心雜草叢生的房間，將腐蝕混濁的汙泥一點一點洗淨。

然後我開始問自己，眞正重要的是什麼，我想了很多，也想了很久，才終於意識到，眞正重要的，是現在，是此時此刻，沒有比這個更加重要了。

我明白到，過去的自己總是不在那時那刻裡。

在愛裡，我會想著未來，在痛裡，我會想著過去。然後一天一天思量著，虛度著當時的時光，等到日子堆疊成廢片，我就會在那時那刻裡懊悔，繼續回望著過去的自己，不知所措。

我花好多時間去懷念過去，想著曾經離開的人事物，許多錯過，想著要是當時我怎麼樣怎麼樣就好了，假如做了不一樣的抉擇，現在又會在哪裡。這些時間我活在過去裡，更多的時間在思索未來，我將要去做什麼，半年後、一年後、五年後、十年後、這輩子，去爲甚至並不存在的將來而浪費時間，去擔心也許根本不會發生的事，那時的我活在虛假的未來裡。

就在許多個這樣虛度的夜晚裡，我以爲我在抓緊一些我認爲重要的人事物，事實上，什麼都沒有抓住，因爲在此時此刻，沒有一瞬是爲現在的自己而活的。

原來眞正重要的，一直在這裡，在我靈魂裡。所以我終於放棄去思考所謂的意義，放棄去理解世人所認爲重要的定義，我感覺我似乎可以在此時此刻裡，重新來過。

今天回診的時候，醫生說，有點擔心我，因爲冬天快要來了，每年到了冬天，我都不可揭止地陷入頹唐的冬日病中，停止了生長，被厚厚的冰雪埋藏，連同大地一起消聲匿跡。是啊，漫長的冬天又要來了，隨著夜晚越來越深，我能見到陽光的時候就會大大地縮短，我很常在天將亮的時候睡著，然後一醒來，天就完全黑掉了。人沒有見到光的話，日子就會變得很黑暗，它是物理意義上的，也是心理意義上的，所以我非常討厭冬天。今天立冬了，我感覺寒冰的季節似乎從遠處一點一點蔓延過來，直到把我腳下的土地都凍結成冰，把我也凍住了。

可是我出奇地，並沒有非常討厭這種感覺。也許是我已經和冬天和解了，也許並不是，我只是接受了命運，人類逃離不了自己身在的季節，也許是我已經不再害怕，不再害怕萬物噤聲和冰天雪地，也許是我想要試著去愛生命裡所有的季節，無論是哪一個，都無所謂，理由是什麼，意義是什麼，根本不重要。

不去思考意義，才是眞正地爲此時此刻而活。

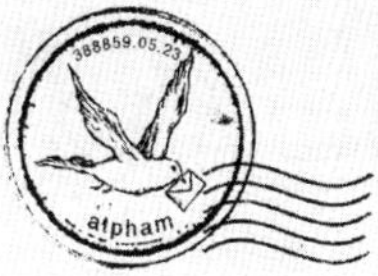

最後，謝謝你的來信，希望這封信能在逐漸變冷的天氣給你一些溫暖，期待著下一次的見面，希望你所有的日子都好。日日常安，時時歡喜。

不朽 241108

執念

展信悅，見字如晤。天氣好像越來越暖和了，本來以爲只要變得溫暖，我大概就能從漫長的冬眠醒過來，可惜事與願違，最近我又開始吃不了飯，不知道爲什麼，我明明生活得很快樂、很知足，可是身體就那麼故障了，我甚至不知道因由，只是經常對著面前的食物，荒廢了日子。我感覺自己的身體和精神並不同步，靈魂被身體困住了，我猜人生就是如此，每個階段都會有困住自己的東西吧。

我並不擅長給別人的愛情提出什麼意見，因爲每個人對於自己的

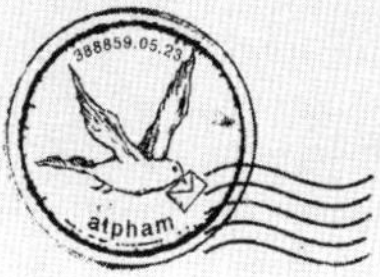

愛其實早就有答案，只是不願意去相信或者下定決心，於是想要有個人來說服自己，去支持心裡預設的選項，可是心裡卻知道，說服不了的，因爲愛是極其獨裁的事，別人阻止不了你愛，同樣的，也阻止不了你不愛。

一旦對方給出不是自己預設的建議，自己就會再三反覆去確認，直到答案對上心中的設想，很奇怪吧，我們總是太擅長逃避了。

接下來寫的，也許並不那麼中聽，希望你不要介意，有時候我們就是這樣，需要的從來不是什麼建議，而是去面對的勇氣。

首先跟前男友保持聯繫不是一件明智的事，而且從你的來信中，看不出任何你必須跟他和好的理由。在我看來，前男友的存在就像是已經凋謝的花，你或許會記得那些曾經盛開的記憶，是很美沒錯，但那也只是曾經很美。然而事實是，現在不是了，它已經凋謝了，已經枯萎了，即使是神也無法讓死去的事物重生，愛情也一樣，當一切已經過期，它就只是你記憶的一部分罷了。也許是我性格比較淡薄一些，當關係不再鮮活，就沒有必要一直讓它留在自己的生活裡，它只會把你鮮活的部分也一併腐蝕掉。

「毒」，是你用來形容你們之間關係的詞。

你其實是知道的，他之於你是一個有毒的人，但爲什麼即使你心裡知道他有毒，還是放不下他？你放不下的到底是什麼，是執念還是愛，還是只是習慣，只是懷念那一段時光？還是不想承認，你們的愛已經成爲了過去，已經凋謝了？我感覺到，你一直很想知道到底爲什麼你和他最後會變成這樣，想要一個理由去說服自己，爲什麼美好的愛情也會崩落，最終落得如此下場。

想知道爲什麼，於是成了一種執念。

從字裡行間裡我感受到，你眞正不能放下的，是從前的回憶。你的執念，是美好的破滅，而不是他這個人。如果要問這個人是你生命裡的必需嗎？如果沒有他，你就活不下去嗎？我想不是的，正如你來信所說的，是你困住你自己，不是他困住你。

我一直不相信重修舊好或者破鏡重圓這樣的童話故事。我曾經也天眞地認爲一切是可以修補的，當我們重新在一起，一切會像是從前那樣，可現實是，當我們重新在一起，我會不斷、不斷、不斷地想起那些之前分開的原因，而這成爲了裂開的破口，然後越裂越開，越來越碎，散了一地的碎片，分不清楚是他的還是我的，最後，我們成了彼此的碎片，割傷彼此的利器。

原來在愛情裡面，一旦有人離開過，就再也回不到從前，至少在我看來，是如此的。一方離開，意味著兩個人走向不同的方向，從那一刻起，時間線就不再交疊在一起了，哪怕重逢，哪怕和好，那段丟失彼此的時間，是再也修補不回來的。其實仔細一想你也就明白，不再需要修補了，各自的未來不再需要彼此了，你問爲什麼？沒有爲什麼，愛情裡面，最沒有意義的，就是爲什麼。

愛來的時候，沒有原因，愛走的時候，也沒有。去糾結沒有的東

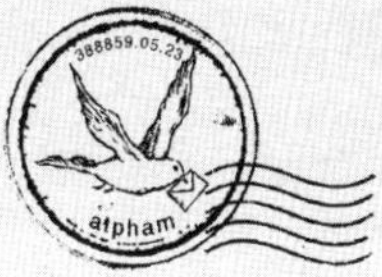

西，只是自討苦吃。

我作爲一個從不跟前男友有聯繫的人來看，覺得沒有必要跟他再有什麼關聯，不是因爲恨意或怨懟，只是純粹地想要將我們的樣子留給回憶，封存在過去裡。我的想法是，必須也要讓他明白，你和他之間，已經結束了，否則這樣的拉扯對你的新男友太不好了。我不是一個守舊的人，如果是開放式關係的話倒沒關係，但若是已經決定眞心相待彼此，那麼，一顆心在一段時間裡只裝一個人和只想一個人，在我看來，是一種對愛基本的尊重和珍惜。

用那些糾結前男友的時間，去愛現在在你身邊的人，去灌溉正在盛開的花，不要等它枯萎了，又再次重蹈覆轍。

浪費愛，其實就是在浪費自己的心臟。

哎呀，可能說了些不太中聽的話，希望你別太介意，就當作是姐姐的一些忠言逆耳。這些只是就此事的想法，不能說要幫到你什麼，希望可以給困惑的你一些小小的思考，或者一些面對的勇氣。

最後也是最重要的，好好吃飯，好好睡覺，希望你一切都好，下次簽書會再見面哦！

祝日日常安

不朽 250410

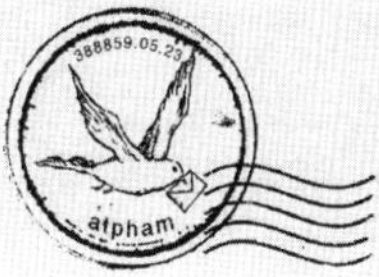

不安

展信悅，見字如晤。四月過得不太好，五月去了一趟遠方旅行，但奔赴並不會帶走不安，我仍要帶著生活的重擔，重新起程。六月上旬，我又回到了自己的低谷裡，消耗著僅剩無幾的生命力，奄奄一息，企圖留住一些稍縱即逝的感受。我不喜歡六月，不確定是不是因爲五月太美好，某些事情就是這樣，一旦有了美好的景色之後，一切都顯得無可比擬。

我想沒有任何人面對一段關係能夠毫無不安。人與人的交會，就像是許多個平行時空有了交集那樣，在相處之前，每個人對這個世界的認知和感覺都不甚相同，所見過的風景和日落都不一樣，自然我們的心也不會總在同一個頻道上。

以前我也常常爲了眞心沒有得到善待而感到難過，但是現在就會想到，也許不是對方沒有眞心對我，而是我們彼此之間付出眞心的方式不一樣。有時候，一個人的眞心可能是儘快地回覆，有時候，一個人的眞心是認眞謹愼地回應；也許有些人的眞心是拯救他人，也許有些人的眞心是願意被他人拯救。有人的眞心是關懷，有人的眞心是依賴。你看，每個人的眞心如此千變萬化，我們又怎麼能以自己的心去比擬對方的心呢？

現在我開始能夠理解，每個人都是那麼的獨一無二，連我們的心

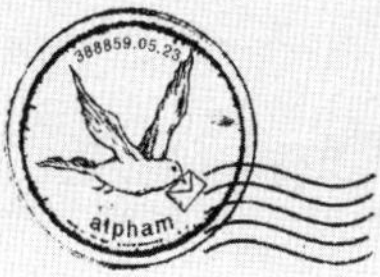

也是如此，所以相遇才成爲一件有魅力的事情，不是嗎，如果我們都相同，對待別人的方式相同，愛的方式相同，那麼，互相取暖就沒有任何意義了。

生活中的不安總是無處不在。

愛人的時候會不安，擔心對方愛不愛自己、有多愛自己；不愛人的時候也會不安，憂慮自己爲什麼孤獨、爲什麼不被愛；出走的時候會不安，擔心路途中的一切、未知的風景；迷路的時候也會不安，擔心自己找不到正確的方向；被束縛的時候會不安，擔憂著沒能實現自己想做的事；自由自在的時候也同樣會不安，面臨抉擇的時候不知如何是好。

你看，其實無論如何，不安一直都在，鋪滿我們的每時每刻，無論怎麼選擇，都會有那個選擇應該要承擔的焦慮，沒有例外，會不會這就是每個抉擇都需要承受的代價呢？

如果人與人之間的相處，再也不存在著不安，那麼，就只剩下理所當然。

我們會覺得付出是理所當然，被愛是理所當然，這樣理所當然的關係很悲傷的，我們不會感恩，不會愧疚，只是彼此消耗著感情，被理所當然逐漸腐蝕，最後只剩下平靜的拉扯，不再有彈性，也不再有活力。

沒有不安，我們就能好好相愛嗎？也許並不。

有時候我覺得這樣的不安眞好，讓我能夠持續去思考、去努力、對夢想的不安也是，對自己的不安也是，因爲和理想有出入，因爲有期望和失望，所以才會產生一層又一層的不安，不安讓我動起來，讓我擔憂，也讓我行動。

如果我心裡的湖不再動盪泛起漣漪，那它跟死湖又何區別呢？

最後，你的來信提到救人和被救。

我覺得去救人的你，是在用不一樣的方式救自己。

有的人是需要，有的人是需要被需要，看上去我們都會覺得付出的那一方比較吃虧，實際上不是的呢，對某些人來說，付出的過程就是在獲得。

每個人拯救自己的方式都不一樣。渡人也許就是你自渡的方式。

我常常被問到，愛人和被愛你會選哪一個，無論回答多少次，我都會毫不猶豫地說，去愛人，永遠都是去愛。我覺得這跟救人和被救很像。主動投身去做，永遠比被動接受來得更強大，我想要一直當這樣的人，你呢，你也是嗎？

陸陸續續寫了一些，不太喜歡六月，希望六月能快點過去。最後，紙短情長，感謝一期一會的相遇。六月順遂。

祝日日常安。

不朽 230614

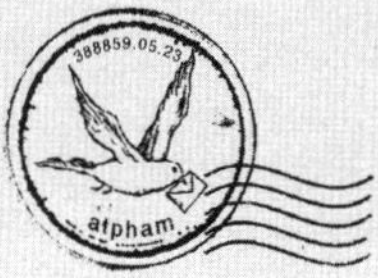

歸去

展信悅，見字如晤。抱歉遲了回信，整個五月都在世界的某處飄流，六月重回自己的死蔭幽谷，七月有種起死回生的感覺，接著又馬不停蹄展開寫書的工作還有準備展覽的事。不知道你有沒有過這種感覺，時間的密度好像跟小時候的認知已經完全不同，經常一回過神來，時間就將自己拋在海流之外。

同爲三年沒有回家的人，我想我能明白那種既熟悉又陌生的感覺，家明明應該是親近的，卻又是那麼的遙遠。

十二月的時候，我也是時隔三年終於回家了。說是終於可以回家了，但是我的內心卻是恐懼擔憂的。不知道為什麼，我總是下意識地想要逃離家，有時也會有一絲卑鄙的慶幸，因為邊境封鎖，所以我還沒能「回去」。現在各地都開放了，這個藉口終於不再管用，我必須去面對我的家人。

我不知道自己在逃避些什麼。我與家人的關係並不是不好，簡單來說是各過各的，我覺得這樣很好，不受那些傳統的家族觀念所束縛，但其實一開始也不是這樣的，這是我長期以來的叛逆和抗爭所帶來的結果，我想我在家人們的眼中一直都是鋒利的，為了守護我自己的自由，我選擇犧牲很多東西，其中一個便是家人，他們將這樣的我稱為自私，但他們沒有辦法，因為我是永遠不會交出自己的自由的。

加上在外生活的十年裡，我經歷了很多傷痛，因爲我的精神問題，即使他們很愛我，也不敢說些什麼刺激我。我總是深陷在自己的生活中無法自拔，所以漸漸地，沒有回家這三年，我反而鬆了一口氣，我的墮落、崩潰、破碎，都不需要向他們解釋，我不需要成爲一個乖巧的孩子，我不需要聽話。這三年我經歷了很多事，我沒能變好，甚至變得更糟，所以我害怕回家，害怕讓他們看見我糜爛的樣子；我害怕面對他們的愛，害怕我日復一日沉浸於對他們的愧疚之中。

終於這天還是到來，我有了不得不回家的理由。我的護照過期了，如果想要去別的地方旅行，還是得先回家一趟，我已經無法再逃避了。去面對他們，就等於去面對那個眞實的、不堪的、醜陋的自己。我想了好久，該用什麼樣貌去面對他們，應該是裝作幾年前他們看見的我呢，還是對外的那個閃亮的我呢，還是最原本的我呢？可是，要是回家也需要僞裝的話，那麼家的本質還存在嗎？這樣的地方也能稱之爲家嗎？我不知道，我只是覺得混亂，想逃，又無法逃開，我不自由，在這一刻，我無法自由。

回到家，一切都是陌生的，年月讓我感覺自己不再屬於這裡，但身分又讓我不得不依附在這裡。熟悉的感覺也許只是來自於回憶，跟現在毫無關係。三年沒見，難免總是會說到從前。媽媽看見我的短髮，嘆息我怎麼把一頭又長又美的秀髮剪掉。爸爸看見我變瘦了，覺得我一個人都沒有好好吃飯。我的雙眼裡沒有光，我失去了活力，在他們的眼中，我「衰老」了，就像是看見父母的感覺，只是我們的身分互換了。

時間是個騙子。我以前一直以爲疫情這三年的時光是整個世界都停滯下來，整個世界都在退後，其實並不是的，我們只是被困住了，一切都沒有停下來，這是時間最大的謊言。該前進的還是繼續前進著，該消逝的仍然消逝了，我們被困在某處，只是看不見時間的背面而已。時間的背面是什麼，我想大概就是年老和消逝，被時間腐蝕得不成樣子吧。

回家的過程並不快樂，我甚至可以清晰地感受到痛苦的紋路。我清楚明白到之所以自己會感受到痛楚，是因爲裡面有愛，他們的愛，和我的愛。這些裂縫裡，藏著很多難以言明的情感。

因爲在乎，所以我才會愧疚，所以我才會躊躇。這就是關於愛的猶豫。這也是愛的代價。

你所說的選擇留下來還是回到家人身邊去，都絕對不是一件輕易的事，做出抉擇是很痛苦的，因爲愛是有重量的，有時候我們就是揹負著這些重量往前走，每一步都很吃力，也都很辛苦，但如果一切輕而易舉，愛就不見了。

沒有愛是輕盈的啊，你說對吧。

幾個月過去了，不知道你的事發展得怎麼樣呢，你是否已經做出了抉擇，也許一切都已經塵埃落定，也許還是舉步爲艱，也許並沒有一個答案，也許根本沒有一個不後悔的選項，總要有所割捨，留下來或者回去，也都有著必須放棄的東西，我想放棄什麼也是我們需要去學習的吧。

最後紙短情長，感謝一期一會的相遇。

祝日日常安。

不朽 230714

向暑
04
05
SUMMER DAYS
IN BLOOM

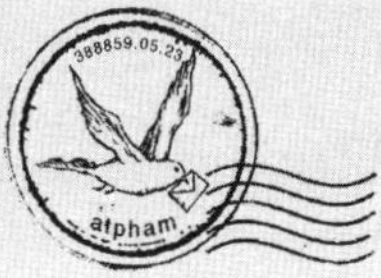

習慣

展信悅，見字如晤。四月的第一封信，不知道爲什麼寫得有點焦躁，最近發生了一些不是很好的事，導致我一靜下來，就開始發呆，有點不知道自己在做些什麼，不知道你是否也有一些時刻，突然覺得意義消失了，好像被拋到一個無人的海域，記不起原先的航程，船不知何時觸礁了，慢慢地下沉。我可以感受到身體漸漸下墜，或許不久之後我就會窒息，可是此時此刻，我居然什麼都做不了，就只能靜待被淹沒。

習慣。其實我一直覺得習慣是一個很悲傷的詞。任何事情走到了最後，都會變成習慣，然後平淡，然後漫長。人生是個很長很長的過程，而絕大部分的時間，我們都在習慣，練習習以爲常。變成習慣的過程往往都是不美好的，或者可以說是看著美好的光環逐漸消失，一切變得暗啞無光，有點像是照片褪色般，不再鮮明，也不再鮮活。

我常常會被問到很多關於憂鬱的問題，比如說，痛苦的時候怎麼辦，鬱期爆發的時候怎麼辦等等，但我不知道應該怎麼回答，因爲那個情緒失控的自己，已經離我很遠很遠了，甚至還有點陌生，像是水中的倒影，明明是自己，卻被水紋波動著，變得不像自己，曾經我被囚在水裡，現在是她，被困在水中。藥物幫了我很大的忙，我不會再有強烈的情緒波動，也甚少哭泣，像極了一個正常人。

我變成了一個虛實的人，像是平面的一張紙上的人物，以虛線的形式裁開來，剩下空空的人形。大多數的時間我都是這樣，只是處於一個模糊空白的狀態，日子沒有留下任何皺摺，如同一個發呆的木偶，而這樣虛空的狀態便成爲了我的習慣。然後時間就這麼過去了，事後再回想起來，時光好像是被誰塗抹過似的，記憶不見了，我也不見了，慢慢地才察覺到自己弄丟了很多東西，可是習慣讓我幾乎想不起我失去了什麼。

丟失的東西也許可能可以找回來，但是忘記的東西是找不回來的。而我就是這樣，忘記了很重要的東西，很重要的感受，很重要的自己。習慣走著，習慣空蕩蕩的景色，習慣蒼白的自己，習慣模糊的日常，習慣失去彈性的情緒，習慣什麼都沒有。

我感到一切都在飛快地倒退，我正在無可挽回地褪色。偶爾還會希望生活出現新的痛苦和絕望，給予我重重一擊，讓我痛得爬不起來，讓我生氣和不甘，讓我在風雨裡勇敢和成長，可是習慣啊，習慣就會壓抑一切，習慣會讓人停滯不前。整個世界都在飛快地往前，只有我被狠狠地拋在後面，默默地老舊，被世界遺忘，有一天也被自己遺忘。

我快樂嗎？好像並不。我傷心嗎？倒也不是。

明明是那樣單純的問題，卻又總是給不出一個確切的答案。或許這樣才是正確的，本來就不是所有事情都有答案，世界上並非如此黑白分明，在快樂和不快樂的中間，存在著很大一片罕漫的海洋，深淺不一，含糊不清，飄浮不定，難以區分。我常常覺得自己最矛盾的地方就在於，我既不快樂，也不難過，而我還沒有能力去用言詞描述這種混沌的狀態，就像是你知道自己忘了事情，但你已經想不清楚自己忘了什麼事那樣。

我害怕自己一旦習慣用這種方式去處理一切情感，有一天心會變得更鈍，有一天會變得更加無所謂，我害怕變成一個只是等待著歲月腐蝕的人，我想擁有更多在乎，我想捶打自己的心口，想要讓自己的心臟跳動起來。

我害怕，我太習慣遺忘了。

可是我們該怎麼去忤逆習慣？這就像是去忤逆時間的本身。至今我還是想不出一個答案，很想告訴自己，習慣這些也沒關係，變成一個空空的人也沒關係，並不是一定要去感受什麼。可是爲什麼，我會覺得不甘?就好像是陷入這個習慣的沼澤中，感受自己慢慢深陷，四處都是沉重的泥沼，可我就是沒有一點力氣從中逃出來。

人生是不是必然會面臨到這種無力感和看不到底的茫然。

抱歉在信中提到這麼多負面的事，剛好回應到你來信中所提及的習慣。最後謝謝你跟我分享你的新習慣，以及決定離開的事，這眞的很棒。也許是年紀漸長，慢慢地覺得能夠下定決心離開是件很了不起的事，無論是工作還是生活，祝福你山水萬程，不悔這一程。

最後紙短情長，感謝一期一會的相遇。

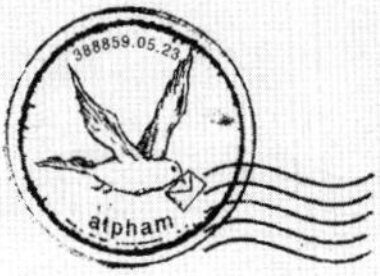

祝日日常安

不朽 230411

輯4

盼。
望未知的生長

期望和失望

展信悅，見字如晤。抱歉遲了一些回信，最近實在是太忙了，一忙完回過頭天已經亮了，日出在提醒我月已經落了，應該要去睡了。

偶爾就會有這樣的時候，看見月亮和太陽的交替，他們的軌跡重疊在一起，然後慢慢遠離，往不同的世界墜去，生活就是在斑駁的縫隙裡尋找這些微光，這樣挺好，如果光太常見，大概就不那麼珍貴了。

而且我發現一件很神奇的事，每天看日出，太陽總是同個位置升起，可是這些看上去重複的日升，每天都有著些許不同，有時是天空的顏色，有時是雲朵的形狀，有時是亮度的光暗，一樣，又都不一樣。

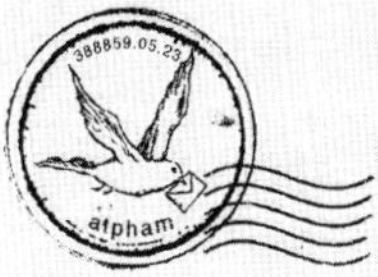

我以前聽過一句很有意思的話：「旅行就是從你待膩的地方，到別人待膩的地方。」好像眞的是這樣，因爲不了解所以看一些從未去過的城市時，總像是蒙上一層白紗，一切都太虛幻了，以致看不清楚它的輪廓，直到眞正踏足那片陌生的土地，靠自己身軀和雙腳一步一步去感知，感知熱與冷，感知晴和雨，才能眞正的端詳大地的模樣。

五月的時候去了一趟德國旅行，雖然最主要的任務是領獎，實際上最讓人興奮的，並不是那些確鑿的獲得，而是在路上的感覺。因爲旅費有限的關係，最終選了最便宜的航空，需要中轉兩次才到柏林，加上等待時間，大概二十幾個小時，當下充滿了許多的期待，一路坐飛機的過程很累人，但是一邊做著旅行的計劃，竟不知不覺就抵達了。旅行就是有這樣的魅力，你總是會期待，無論去哪裡，離開一個地方，抵達一個地方，我們都總會帶著深深淺淺的期待。

抵達柏林，首先和同行的旅伴會合（我們的出發地不同），接著一起去飯店。第一天，我們選擇去吃德國餐廳，什麼都不懂的我們，點了兩大份豬腳餐點，分量實在是太多，直到最後用盡全力也只吃了半份而已。接近四五點的時候，我們決定去柏林市中心逛一逛，連著幾個著名的景點，布蘭登堡門、歐洲被害猶太人紀念碑、柏林大教堂、國會大廈，走走停停，像一個真正的觀光客那樣在人潮中拍照打卡，走馬看花。關於歐洲的戰爭歷史早已經隨著長大把細節都還給了時間，只依稀記得德國最後戰敗，一如所有戰爭的最後，總是破瓦頹垣，多不勝數的悲劇，你甚至來不及去細看發生了什麼。

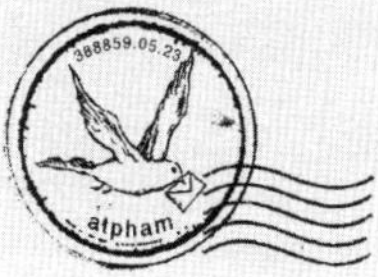

走了不到三個小時，突如其來一種強烈的疲倦和失望撲面而來。

整個柏林非常荒涼，甚至我們去的市中心也都人跡罕至，大多數的商店也沒有開門，我不知道那是我對於此次旅程的期待過高，還是這就是柏林眞實的樣貌，這趟旅程的第一天，加上天氣陰涼，只感覺到一陣空虛。

太多的期望，總是帶來太多的失望。

在柏林度過的三天，我們並不是很開心，似乎是被這座死寂的城市渲染。第四天，我們坐火車出發到慕尼黑，離開柏林，天氣逐漸晴朗起來，火車一路南下，車窗外的風景一直在倒退，有種像是自己走進陽光裡的錯覺。慕尼黑的一切，繁榮、豪邁，像是一個喧囂又有煙火氣的城市。再往西走，去了海德堡，歐式的建築像是一幅油畫，我們身在其中，感受到自由與浪漫。在海德堡的廣場上看見一個賣畫的老人，便駐足欣賞他的畫，他知道我們從外國來，他說很少有一個城市像海德堡一樣自由，你們一定會愛上這裡。

太多的失望，才會讓我學會欣賞微光。

我的意思並不是要故意去製造一些讓自己失望的情況，假若不是因爲在柏林的失望，我想後面的旅程是不會感受到一種意料之外的滿足和感動。這樣的感受，是在失望的時候才會有的。因爲失望，才能感受到這種走進陽光中，越來越好的感覺。

我喜歡在路上獲得的期望和失望，好像都是爲了讓我能夠去感

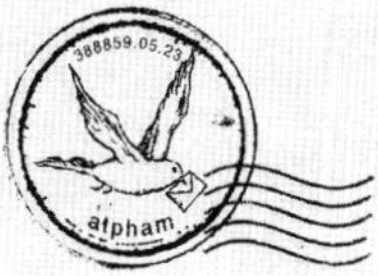

受得更多，再多的未滿也只是未抵達，再多的不捨也只是暫時，這麼想，人生彷彿就能盛下多一點的盼望。

喜歡的路上，路上的喜歡，都很珍貴。

畢業似乎是一種抵達，但也是另一種人生的出發，就像是在路上的驛站，抵達、徘徊、停佇、起程，一站又一站，春秋積序，無遠弗屆。這麼去比喻人生的話，是不是就多一點浪漫了呢。

最後紙短情長，感謝一期一會的相遇。

祝畢業快樂，盛夏愉快，日日常安。

不朽 230724

理想和麵包

展信悅，見字如晤。四月了，因為遲來的倒春寒，現在的手腳還是冷冰冰的。以往的這個時候，我通常都會去趟首爾，在春天裡看櫻花盛開又飄落，今年的春天來遲了，萬物甦醒得遲緩，我好像還沒真正從冬眠中醒過來。這種後知後覺的滯後性，總是讓我錯過好多。不知為何，今年過去的三個月份，給我一種時光「咻」一聲就過去了的感覺，為什麼呢，時間有時可以走得一點痕跡都沒有。

理想和麵包，是一個很現實的問題，任何事情一旦牽涉到現實，總不怎麼美好，美好的也都不怎麼現實。

在選擇理想和麵包之前，必須先確認這個理想是否是你生活中的熱愛，這個熱愛是不是可以讓你抵銷工作的辛勞，給予你往前走的勇氣、給予你喘息的窗口、給予你度過明天的力量，如果可以的話，我想，今天假如這個做選擇的人是二十歲的我，我大概會毫不猶豫地選擇理想吧。

人生苦短是建立在你有很多想做的事的前題下，人生漫長則是你需要面對你並不那麼喜歡的生活時有的常態。

我認爲年輕的自己，是可以、也是必須要去吃點苦的，但是這個苦它必須要用在值得的地方。

選擇更高的薪資，確實會讓生活某種程度上輕鬆很多，但是它的代價是漫長的，時間會變得漫長，苦悶會被拖得好漫長，生活在肩上的重量越來越沉，無論穿多好的衣服、鞋子，過多麼高質的生活，心的耗損是無法避免的。因爲你的心不在工作上，然後你會逐漸忘記，逐漸想不起來，你的心在哪裡呢。這時，難免就會有後悔，開始日夜思考，要是我哪一天選擇義無反顧去追尋自己的理想，我今天會過得快樂些嗎，諸如此類的想法會不斷冒出，不斷將你的生活染成暗淡的顏色。

一定會有所猶豫的，擔心自己錯失了好的薪水、好的機會，就像是我小時候常聽大人說的，你要好好讀書，好好考試，別做那些有的沒的事（就像是寫作）。他們總說，等到你長大成人，你想要的，想做的，都可以有。那時我在想，他們說這句話是什麼意思，我不明白，萬一長大了，我想要的，已經不想了呢，可能到時有了別的想要的東西呢；然後等到我長大了，大人們又說，你要好好工作，好好生活，等你做好了，你想要的就會有。可是啊，要是等到我都有了，卻已經沒有想要的，那我怎麼辦呢。這是我十幾歲時常常思考的問題。

如果可以，不要等。

要珍惜每一個「想要」的心情。這不是任性，這才是真正地對自己負責。

事實證明，我沒有考好試，還是生活下去了；沒有好好在職場上班，也還是過得不錯。我的二十歲，在理想和麵包面前，義無反顧地奔向那大風大浪的海，風一直吹，雨一直刮，我的二十代，並沒有過得輕鬆，可是我在奔向大海的時候笑得好燦爛，你不能說這樣的人不快樂，你不能說這樣的決定不值得。

大概是二十三歲還是二十四歲寫這樣的一句話：「人生不過一腔孤勇與仰望。」我選擇理想，並沒有任何一點底氣，沒向家人拿一分錢，讀書、打工、打工、打工，然後寫作、寫作、寫作，那時的我什麼都沒有，有的只是一顆不顧一切的心，也許是沒有更多可以失去，所以才可以走得那麼堅定。這麼看來，或許一無所有，並不是一個反義詞，你覺得呢？

然後回到信初寫的「如果是二十歲的我」，今年是結束我奔忙的二十代的一年，生日一過就要三十歲了，如果是三十歲的我呢，大概會有截然不同的抉擇吧。假如一件事情，我付出了整個二十代都沒有如願以償，新的階段所要學習的，就是如何對自己的遺憾釋懷，但這個前題，也必須是建立在我的二十代爲自己的熱愛曾如此熱烈地奔往過。如果我那樣努力了，曾經乘興而去，那麼卽使現在敗興而歸，也不覺得可惜。因爲當我攤開歲月的痕跡，我會想起自己的仰望、自己的勇敢，那個決絕又努力的樣子太美好了，我要收藏那樣的自己。

不知道這樣算不算解答到些許你的疑惑，在寫這封信時，我想起了好多二十歲的自己，在打工辛苦的時候，點點滴滴地寫下一些故事、心情，那些文字成爲了不朽，也成爲了我自己，我能以這樣閃亮的方式記住從前的自己，眞好。

遲了一點回信，眞的非常抱歉，窗外又再下起淅淅瀝瀝的春雨，春雨催新芽，櫻花就是那樣，一個晚上的雨都落光了，第二天櫻花樹都變成了綠色的，我們就像樹那樣，一邊掉落，又一邊生長。

你提到上次寄給你的明信片，很開心聽到你說，有好好珍惜在韓國的留學生活，後來回想起來，我去韓國留學的時候，也成了人生很重要的時光。你看，當你鼓起勇氣去做什麼的時候，到最後，無論結果好還是不好，多年以後，你回想起來，都會露出淺淺的笑容。

感謝一期一會的相遇，祝日日常安。

不朽 250410

面對

展信悅，見字如晤。六月的我實在過得不好，整個人像是深陷進泥沼之中，無法抽身，被膠泥凝固在一片潮雨裡，連起身去看醫生的力氣都沒有，更別說提筆寫字。這兩天終於開始放晴了，潮水似是倒退了一些，趁著陽光透進窗裡，來執筆寫這一封信。

你的來信讓我想起十六歲的自己。那個時候的我，青春但青澀，生動也生疏，眼前的一切是那麼的鮮活、觸手可及，未來還太遙遠，我不知道屬於自己的邊界在哪裡，我是誰，我該怎麼做，這個世界是怎麼樣的，人與人之間是怎麼樣的，想要的和不想要的是什麼，我到底是什麼。這些問題，總是纏繞著當時的我，甚至一直延伸到現在，我仍然會被這些問題纏住，偶爾還會被絆倒，有時我覺得我已經找到答案，但那些答案又成爲了生命的沙石，時刻磕磨我的雙腳。

國中的我，外向、活潑、樂觀，渴望成爲大家眼中的閃光，我渴望所有人的認同，好像只要得到一點外界的認同，就可以過好一輩子了，要有很多很多的朋友，要受歡迎，要笑得燦爛，要成爲大家眼中羨慕的存在，要發光，要溫暖，要善良、要好。要「好」，總是這個「好」字在拉扯我，成爲一個好的人，成爲一個更好的人，哪怕我根本不知道好的定義是什麼。

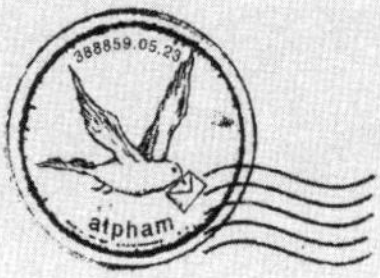

因爲我不能給自己確認的眼神，所以總要向外界索求肯定的目光，急著確認自己的顏色，這樣的渴望使我時時刻刻都鞭策著自己，是我的皇冠，也成爲了我的藩籬。我常常覺得只要做到了大家眼中覺得羨慕的存在，就是成功了，也就會快樂了，我覺得那就是成長啊，好好地成長爲一個「好」的存在，但實際上，我並不快樂。我一直在尋找屬於自己的邊界，但原來邊界是我自己劃下的，是我在畫地爲牢，自我拉扯。

然而很諷刺的是，香港並沒有分國高中，中學一讀就是六年，不像你有一個可以去到新的環境重新開始的機會，這讓我意識到，即使我多不快樂和多麼辛苦，我立下的人設，無論如何也要堅持到底。每天都很吃力，但我沒辦法撕開這樣的面具，所有的人都已經認爲我是那樣的人，只有我越來越抱歉，只有我知道，所有人認知的我，都不是眞的，那是虛假的，是我建設出來的人偶。

這件事一直持續到大學，來到了臺北念書，去到新的環境，見到更大的世界，才知道自己的邊界應該是寬廣的，自由的，終於知道我可以不是原本的那樣「好」了。有時候人就是這樣，勇敢可以是勇敢地征服世界，但同時也可以是勇敢地掙脫自己，脫下那層外在的糖衣。誠實地面對自己，是我覺得很偉大且勇敢的一件事，而這件事甚至到了今天，我還在努力地去做。

所以，能夠重新審視自己的你，能夠寫信跟我訴說的你，已經比當時的我勇敢很多很多了，即使今天還不夠完全地認識自己，即使今天仍然步履躊躇，但還是選擇去面對。

不逃跑，不逃離自己，這就是生活中最勇敢的一件事，不是嗎，所以這樣的你眞的很棒噢！

平凡並不是缺點，每個人都同樣平凡，關上燈誰都會感到孤獨，但同樣地，我相信每個人都有亮光，只是在於有沒有發現而已。亮光是需要去尋找的，它可能就藏在所有平凡的日常裡。而且，千萬別忘了，所有的故事都是從平凡開始的。

最後，謝謝你跟我分享你想要成爲作家的夢想，當你問到這條路是怎麼樣的，怎麼說呢，我覺得作家不是一條好走的路，一路上有太多的阻礙、現實、衆人的目光和自我懷疑，可是，過了那麼多年，我仍然覺得這是連曲折都溫柔的一條路。寫作是件很溫柔的事，它讓我去感受世界上許多的情感，寫作是我生活的窗，希望你也可以感到寫作的溫柔。

紙短情長，感謝一期一會的相遇，六月順遂。

祝日日常安

不朽 230620

晚安

展信悅，見字如晤。這是四月的最後一封信。不知道你的四月過得如何，我覺得這個月實在是太過漫長了，月初去看了春天的櫻花，又因爲一些壞事經歷了世界的黑暗，中間去韓國看了偶像的演唱會，下旬就進入了忙碌的工作地獄，今天是四月三十日，難得在月底最後的夜晚時分停下來，靜靜地書寫一封信。

很喜歡你寫關於習慣時，提到了每天跟自己說晚安這件事，在我們的想法中，說晚安好像是需要一個對象的，比如說，跟愛人、跟朋友、跟親人等，互道晚安；或者寫一篇細碎的文字，想像有人在讀它的時候，用說晚安的方式穿越時間來與對方說說話。我想到自己每一次說晚安，好像都是對誰說的，很少是對自己說的，看到你的來信，我想起自己在《月亮是夜晚唯一的光芒》後記裡寫的最後一句話：「願你不再糾結於成為誰的光，樂於成為自己的月亮，學會自己和自己說晚安。」

學會和自己說晚安，是件多麼了不起的事。

我覺得你的每天發一則動態，拋出自己的念想，接住自己的情感，這個習慣是多麼的溫柔可愛，像是寄一封沒有地址的信嗎，我覺得不是，地址就是自己心裡，寄給自己的信，讓未來的自己有故事可以回顧，這就已經是給自己滿滿的收穫和禮物了。

這麼說，我雖然每天都會寫日記，卻從來沒有在日記裡對自己說過晚安。別說說晚安這件事了，我連每天要去睡覺的時候，都像是跟身體的一場拉扯，與失眠症搏鬥，根本沒有任何心力去跟誰道晚安。

我一直都覺得習慣是件悲傷的事，就像《鯨落》裡所訴說的，習慣就是把悲傷的日常過得平凡，每一次事情到最後都會無可避免地習慣，然後暗淡。所以有時我會懼怕著，怕自己太習慣了這些悲傷的日常，而變得遲鈍，當一個創作者變得遲鈍，那意味著他再也無法生長出燦爛的花朵。我懼怕著這樣的事情發生，又或者，我會視而不見這些習慣，假裝一切都不存在，可事實是，我終究沒能抵抗住時間在我身上的作用，事情會變舊，我也是，我會跟著時間一層又一層地剝落好奇的新衣，我也會跟著斑駁，變成了陳腐的人。

所以，我在每一本新書裡的自介都會作些小更改，曾幾何時，「不朽的意思是不願成爲一個腐朽的人」，到後來是「不怕成爲腐朽的人」，從不願到不怕，我想就是因爲我開始懂得我沒辦法抗逆時間，只能改變我如何去看待時間在我身上的顯化，但這不是一種逃避，這是一種面對，不願腐朽的我是懷著不希望時間改變自己的心，不怕腐朽的我是開始懂得時間的轉變，可以不只是剝奪，而是滋長，或許腐朽也不是一件太壞的事。

關於你所提及的人生難忘不難忘的問題，我的回答是，我們的一生都在塑造自己，缺少任何一塊我都不可能完全，所以我會希望將一切留存，只要我足夠努力，一切都可以變得難忘。作爲一個徹底的虛無主義者，我常常秉持著每個人最終的歸宿都將是無的想法，在這樣的大前題下，每一個生命的經歷都是寶貴的，都該是難忘的，如果結局都是靜止的，那麼，如何去揮舞自己的生命才是最重要的。確實人生留不住的事情太多了，因爲留不住，所以才更要用力記住啊。

我們一生都在以深刻的故事來塑造自己，有時候不一定是以記憶的形式，而是一種想法或者思考，影響著自己往後的日子，即使大腦已經忘記了，卻以一種靈魂的形式存在於我裡面，這是不是也是一種難忘呢。

以上雖然都在講到習慣一些負面的地方，或許也可以用另一個字來代替，那便是「練習」，仔細一想，我的生活也是無時無刻都在練習著。關於看書的習慣，以前會覺得需要一個很好的氛圍才可以看書，比如要有一杯咖啡，要到安靜的地方等等，但現在的我經過時間的歷練而養成的習慣，無時無地都可以閱讀，這也是習慣好的地方，是不斷的練習，讓我做到從前做不到的事。

書信到這邊啦，感謝一期一會的相遇，五月愉快！

祝日日常安

不朽 230430

修剪

展信悅，見字如晤。很抱歉遲了那麼久才回信，冬天實在令人凋零，冰冷的手總是暖不起來，執筆寫字時寫寫停停，像是沒有足夠的燃料去生一場火那樣。日子在寒冷中變得緩慢，寸步難行，身體裡在下一場浩瀚的雪，覆蓋了所有未盡的心事。你的冬天過得還好嗎？

生長是件很殘酷的事，因爲我們總是無法成爲自己喜歡的樣子。謝謝你在信中跟我分享關於「家教」對你的影響，你提到了雜草這個比喻，我覺得很有意思。我想我大概就是你信中所提到的——羨慕雜草的人。

我的家庭並不富裕，父親歷經家道中落破產，因爲出身於富貴家庭，從小就受到很好的教育，我想他年輕的時候肯定就是小說裡寫的那種翩翩貴公子。這樣的他教導孩童的我必須知書達禮，於是我兒時的記憶大概就只剩下家徒四壁，以及不停地看書。他覺得女孩子應該要多看一點書，在外面玩的小孩都是野孩子，所以我從來不能出去玩，我的童年就這樣消逝在逼仄的房間裡，低頭是手上的書，抬頭是一模一樣窗外的景色。

父親很擅長將我修剪成他想要的樣子。穿他喜歡的裙子，梳他喜歡髮型，吃他喜歡的菜色。吃飯的時候，桌上會有一個時鐘，吃得太慢會被念，吃得太快也會被念，他說做什麼事情都要適中，跟一個小

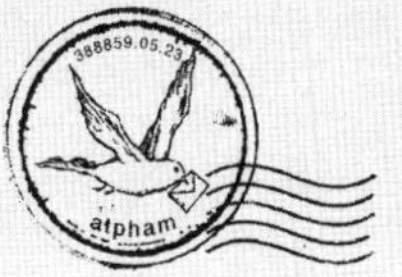

女孩談些中庸之道。他說我是溫室裡的花朵，他說我是被愛灌溉長大的，我不能理解他所說的「愛」是什麼意思。我在很好的家教下成長爲一個精緻的洋娃娃，可是，沒有人會問洋娃娃這是不是她想要的生活，因爲洋娃娃是死物，她不會拒絕任何主人的要求。

家成爲了我的溫室、我的泥濘和我的牢籠。他說他把生命中的一切都給了我。我想，是的，唯獨一樣，就是自由。他什麼都可以給我，除了自由。

十八歲那年，機緣巧合下，我在香港考上了臺北的大學，幾乎是用逃的速度離家。同年，爸媽離婚，家再也不復存在，我們各奔東西，少有見面，多的是數不勝數的離別。

離開家後的日子過得很不容易，風吹雨打，日曬雨淋，爲了不想問家人拿錢，於是同時打好幾份工，一邊兼顧學業，一邊寫點東西，開始無止境地熬夜。因爲忙於賺錢，忙於生活，後來生活好一點的時候，熬夜就成了失眠症，你看，事情總有一些無法撤回的代價。兩三年的時間，我從一個十指不沾一滴水的公主，變成同時多份兼職，在後廚房洗一大堆碗，雙手脫皮，然後轉個頭再笑面迎人去前台招呼客人的打工女王。

這麼多年，被父親修剪出來的邊邊屑屑，有一些已經丟掉，有一些被我悄悄地留下來，然後用餘生的時間把碎片們黏回去。有時候我也會羨慕，如果我只是一株雜草，從來沒有被誰修剪過，那我是不是就能夠更快、更輕鬆地用自己的雙手和意志成爲自己喜歡的樣子，而不是任何人喜歡的樣子。

可是怎麼辦呢，被修剪掉的部分，永遠不會回來的。就像是一張已經被摺過的紙，攤開來後紙痕永遠存在。你知道我曾經多麼希望，自己是沒有被揉過的紙，那麼，我一定可以寫出更多的故事來。

人間眞的很耐人尋味。我羨慕著你，而你羨慕著我。誰都沒有如願，誰都沒有幸福，沒能過上想要的生活。每個人都受傷，每個人的心都被淋濕，每個人的一生都像是一首悲傷的歌。生長眞的是件很殘酷的事呢。

今年是我離開家鄉到異地生活的第十年。如今我已經可以輕鬆地說出一切、寫出一切，我已經可以原諒所有從前的不自由，原諒無法挽回的一切，可是被修剪過的缺角，被折斷過的羽翼，大概永遠都會在。每當有人問我，一個人在異鄉生活，不會想家嗎？我總是很誠實地回答，是的，我並不想家。我厭倦於所謂血濃於水的親情帶來的羈絆，我並不恨我的家人，我也偶爾愛他們，只是，我太渴望自由了。甚至願意犧牲掉某些必要的愛，所以我時常愧疚，時常自責。你看，其實一切都很公平，我想這就是我的代價。

沒想要將信寫得太悲傷，但果然冬夜裡的文字也只能像天氣那樣冰冰涼涼的。如今，我已經靠自己的努力擁有了我渴望的自由，哪怕多少有點孤獨，但那仍然是我所渴望的自由。我想說的是，某些事情是永遠無法扭轉的，像是家庭、身分、國籍等，它就像刺青，永遠存在著，成爲我們的疤。但是生活是可以重塑的，生活是可以重新來過的。每當我想死的時候，我就告訴自己，我還可以重新來過。

最後，再一次抱歉遲了那麼多回信，希望這封信能夠趕在今年結束前寄到你的手上，在冬季裡給你些許溫暖。感謝一期一會的相遇，

敬請冬安，順頌時祺。

不朽 231224

感受粗糙

展信悅，見字如晤。很抱歉時至今日才回信，將上兩季的心情延續到了寒冬。我又從燦爛的夏天，被狠狠地摔進冬季裡。我很想將一切都責怪於天氣，然而就像我們無法延緩時間那樣，我不能只選擇去經歷人生的夏日，我不能只去看那燃燒著的自己，我也要去接受燒成灰燼時荒頹的自己。

「不知道自己在做什麼，這樣還算在路上嗎」你說。其實我不知道，因爲這是每一個階段的我，都會問自己的問題。

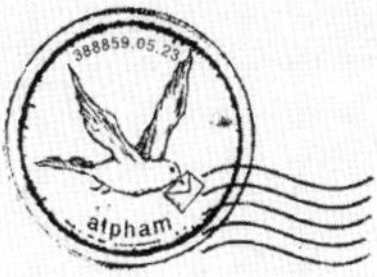

不像是我給予大家的形象，我其實時常不知道自己在做什麼，從恍然中回過神來，發現自己像是在無邊無際的大海上一艘失靈的船，飄浮在那裡，無所事事，也無動於衷。我到底在做什麼，我應該去哪裡，或者，我可以去哪裡。我不知道，已經離家十年了，有些地方不想回，有些地方回不得，有些地方太遙遠，有些地方只充滿著悲傷的回憶，我是個不屬於任何一個地方的人。人類的詞彙很善解人意，於是創造了一個叫「自由」那樣美好的詞，於是我猜，失去歸屬大概就是美好的自由所需要付出的代價，自由大概總是會伴隨著多多少少的迷茫吧。

這兩年我經歷很多的事，完成了一些閃閃發亮的成就，同時也承受了許多來自世界的惡意，以及生離死別，我曾經以爲自己不會墜得更深了，但事實上，總是可以再往下墜的，有時候洞是沒有底的。然後我的性格發生了強烈的轉變，從多愁善感徹底地變得冷漠，變得理性，變得計較。我開始沉默，開始不能理解人們所說的悲傷，只是保持中立，冷眼旁觀這個世界。

以前的我，倘若有人跟我分享他生命中的悲傷，我大概會跟著一起悲傷，強烈的共情使我擁有豐富的情緒，所以我以前的文字才會那樣矯情、那樣眞切，因爲深陷的人、在乎的人，就是會無法自拔地任由悲傷捲襲自己。然而現在，我無法再感受到任何的情緒，不再哭泣，不再共情，從徹底的感性變成了徹底的理性，擅長分析，擅長訴說眞相，我的心不再有所偏頗。現在的我聽到悲傷的故事，第一個反應是，就這樣？這樣就足夠讓你悲傷成這樣？就這麼一點小事？

我曾經爲那些所謂的小事寫過無數篇傷心的文字，很諷刺吧，現在我回頭去看那些文字，就像是對著過去的自己說：「就這樣？」否定所有從前我經歷過的悲傷，推翻自己，現在的我只覺得從前的自己原來是如此的脆弱、敏感、不堪一擊。我從某本關於心理學的書上看到，「當人經歷了重大的創傷時，性格會極端的轉變，而出現所謂的情感隔離，是身體的一種防禦機制，避免自己再次掉進同樣的痛苦之中」。書上說，那是因爲我想要保護自己。是這樣嗎，原來那些沉默和冷漠，是我築起來爲自己遮風擋雨的屋簷。

前兩個禮拜的一場簽書會中，有位讀者問我，他無法面對自己的轉變，他感覺自己從細膩變得粗糙，因為簽書會每個人有限制的時間，我無法仔細與他討論這個問題，只能用當下的瞬間反應來回覆，我說：「也許現在便是你去感受粗糙的時候」。其實回覆時我沒有多想，直到我在回程的路上才再次想起來，或許，這句話應該是說給自己聽的，也許現在我正要去感受這種生命的漠然。同樣的，我想將這句話在此送給你。

可以細膩地活著，自然也可以粗糙地活著。

細膩的時候，靈敏、脆弱、多愁善感，盡情讓自己沉溺在不可挽回的悲歡離合中；而粗糙的時候，就冷靜地旁觀，思考或放空，將混濁的想法洗滌乾淨，這又有何不可呢？

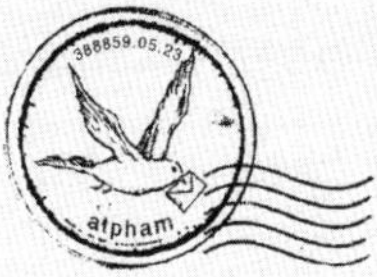

沒有太多的篇幅去講述死亡或死亡帶給我的種種，經歷了一些死別，我終於不再將想死掛在嘴邊，或許只是懂得了被留下的悲傷，或許只是執拗地想要證明，死亡根本不算什麼，或者只是因爲我明天還要餵貓。理由其實一點都不重要，到頭來，我們只是走著、存在著，不知如何度日，卻又那麼默默地熬過了無數個漠視死亡的夜晚。

最後，再一次抱歉遲了那麼久才回信，希望這封信能在冷冽的冬日帶給你一些微小的溫暖，然後希望你在想起逝去的姑姑時，並不只感覺到悲傷，因爲那些回憶應該閃閃發亮，而不是被悲傷腐蝕。

感謝一期一會的相遇，敬請冬安，順頌時祺。

不朽 231118

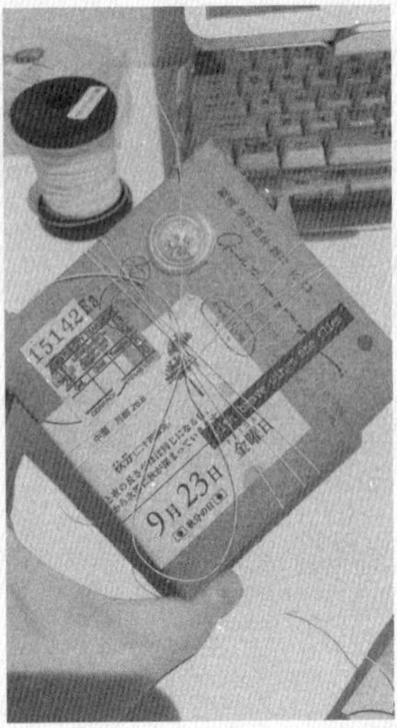
15142
9月23日
金曜日

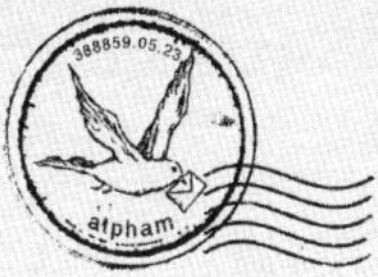

跳躍

展信悅，見字如晤。五月用這一封信來展開一個月的開始，四月過得不太安穩，過得不太好的時候，就會有朋友跟我說，以後會好的，明天會好的。其實我一直不太相信「明天會更好」這些話，好像等到了明天，不順利的一切就會自己順利起來，就好像把一切交給了時間，時間就會撫平一切，可是事實是，不會的，一切不會無緣無故地變好，但我相信自己的努力是有用的，如此一來，就不再需要將明天的祈願交給上天。

說到卡通這件事，我很愛看電視劇，小時候一到了晚飯過後的時間，就會自動自發地坐在電視機前，也因爲喜歡看劇，當我愛的角色在結局慘死，讓我開始了寫作這條路。我喜歡創作故事的感覺，在我創作的過程中，這些角色都是獨一無二，我就像是擁有著上帝視角般，主宰著一切。因爲太喜歡看劇了，後來去念了劇作的研究所，成爲一個眞正去研究故事的人。對我而言，完全冷靜地去分析劇情和人物是必要的，在上帝視角下的審視是輕易的，正因爲我不是故事中的角色，才能旁觀者清。有時候我會疑惑爲什麼一個角色會做出這樣愚蠢的行爲呢？如果是我，一定不會這麼做。久而久之，我變成了一個很冷靜也相對無情的人，我感受不到角色們的恐懼，自然也無法知道他們的勇敢。

然而，現實的世界不是一本故事書，當我們深陷在人間，就不是任何事情都可以頭頭是道地分析後實行，很多跌宕起伏的情節都是沒有道理，無跡可尋的。以前我沒辦法理解爲什麼在親人離世後，另一半也會很快地跟著死去，但在經歷了宇宙去世的事情後，我開始理解，遭遇過死亡的人也會被死亡牽絆，那會變成一個人的恐懼，將一個人的意志一點一點地抽走。有幸走出了就是勇敢，走不出就會變成終身的遺憾。

眞實的生活是無法預計的，所以我認爲需要勇敢的時刻都不會有任何的預告，沒辦法在要跳躍之前有心理準備，深呼吸，預備墜落。眞正需要勇敢的時刻，都是迅速而兇猛地撞擊，上一秒還是晴天，下一秒就已經掉落在意想不到的深海裡，馬上就缺氧了，我甚至沒辦法去選擇要還是不要，沒有選擇，除了活下去，就沒有別的選擇，沒有「不勇敢」這樣的選項。然後在活下來的那一刻，發現自己已經勇敢了，絕處逢生，死裡逃生。當然這個死亡並不是指物理性的失去生命，而是意志上的綻放和凋零。

勇敢是一場獨自抗爭的戰鬥。即使沒有任何人看見，但在這些缺氧的時刻裡，你懂得自己是如何生存下來的，接下來的生命已經截然不同，你又拯救了自己一次，又一次看見絕地的風景，又一次見證自己的強大。這是我能想像的最偉大的一件事。

今天跟朋友聊天的時候，她告訴我她是一個很害怕改變的人，對於不確定的一切，都會感到恐懼。

分享很小的一件事，我們常常一起寫手帳，她每一年都會用同一款的手帳本，而我總是花裡胡哨的，每年都會換一本新的。我會推薦給她，你看，這個新款的手帳很好看，可是每一年她都仍然保持著不變。我曾經問過她爲什麼，她說她怕用新的，會不知道怎麼寫才好，她不喜歡不確定的一切。我仔細思考，我跟她正好相反，我害怕一成不變，這會讓我覺得時間很漫長，突然覺得勇敢和改變或許是同一個意思。

漫長的一生裡，我希望自己能夠勇於去面對不確定的一切，勇於去遠方，勇於經歷尚未擁有的人生。

我想改變，我想一直改變。

紙短情長，感謝一期一會的相遇，五月愉快。

祝日日常安

不朽 230504

運氣

展信悅。寫這封時是三月的第一天，剛好跟你信中提到的彌生對應，這眞是一個很美的詞，日本會稱三月爲彌生，指越過嚴冬，迎來逐漸繁盛的春天，彌在漢字裡也有「越來越」的意思，就像是生氣回歸大地，生命復甦，萬物滋長，草木叢生，在這樣的日子裡，我感到一種莫名的期待，才意識到，啊，我也是萬物的一部分，我也準備要同彌生一起生長了。

關於你的來信中，最讓我印象深刻的是「幸運未滿」這四個字，因爲曾幾何時，我也是這麼認爲的，人生就是一場盛大的幸運未滿。我的運氣並不好，姑且先別說自小到大從未抽中過任何獎品，天降的禮物是神的眷顧，算是人生的加分項，並不能去祈求的。

像是數字那般，有正、有零，也當然有負，我覺得沒有運氣也沒關係，我的人生不必從正開始，沒有加分項，零也可以，從零開始不是什麼壞事，可是生命總是很耐人尋味的，人生並不公平，在限定的資源內，永遠都會有人是從負開始的，甚至可以說是絕大部分的人都是如此。

運氣爲負的我，經常會遇到許多千奇百怪的狀況，例如出門必下雨，濕了一身雨回家後發現雨停了；明明準時卻趕不上公車，想買

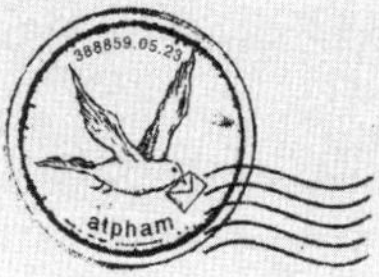

的東西永遠是前面那個人買走了，想追的總是錯過，收到的總是殘缺品，第一次出國飛機故障停飛，連在外吃飯也常常被漏了訂單，快遞包裹寄丟。每次用心準備的，總會突然出現各種奇怪的原因而最終失敗，還有很多很多這樣的事無法一一列舉。以致於我常常反省，到底是哪裡出了問題，我是哪裡做得不夠好，爲什麼倒楣的事總是降臨在我的身上。我常常爲此而難過，也常常在想，我需要靠努力來補足多少的運氣，才能像他人一樣幸福和幸運。

眞的會這樣，抱怨也沒用，你根本不知道可以埋怨誰，只能徒留一地灰心，就像命運一樣，運氣好和不好是逃不掉的。因爲我眞的見過很幸運的人，次次都中獎，出門平平安安，買一張專輯就中簽，一輩子如願不出差錯，大家是怎麼說來著，運氣也是一種實力啊。每次聽到這句話的時候，我都很不解，我不覺得運氣是一種實力，運氣是命運，是從天而降的，是遊戲中的骰子，是薛丁格的貓，是神的玩笑，並不是因爲你是或不是什麼人，你就能獲得什麼，運氣的降臨是不可控的，如果將這種隨機歸納爲實力的一部分，那眞正努力的人，又算什麼呢。所以不對，運氣是命運，努力才是實力。

很灰心的時候我就告訴自己，人生很多事情是自己掌握不了的，我還會經歷許多生命的跌宕，甚至被擊倒，我會走過滾滾沙漠，會需要熬過很多荒涼的夜，也許還會經歷許多沒有道理的天災、人禍和意外，我沒辦法阻止這些命運的發生，我只能努力去過好自己的人生。等到所有事情都努力過，若還是事與願違的話，我就會把責任卸下，然後張開雙手，享受濺在身上的浪花。

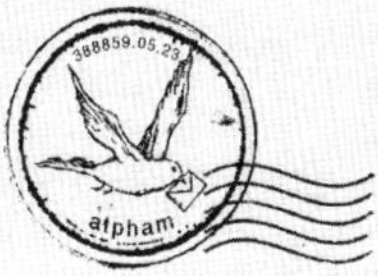

由於長期以來的沒運氣，我明白到自己並不能去相信世界的僥倖，這讓我更加踏實地生活。也許每一步都走得很慢，卻也走得很穩，做好萬全的準備，做好十足的努力，不依靠任何運氣，不提心吊膽地去賭，而是一步一步，默默地前進。所以我眞的很喜歡你所寫到的，至少努力不會背叛自己，它會接住我，不讓我落入谷底。

是啊，在這麼多年沒有運氣的日子裡，我並沒有徹底地崩潰，因爲我不期望它，它就不能帶來任何傷害。這樣很好，我學會了相信自己和相信自己的努力，我會慶幸，還有自己陪著自己，這樣難道不夠美好嗎？我認爲，這是一件比從天而降的運氣要更加幸福的事。

幸運的人生的確很不錯，但那是被動接受的，而對我而言，無論多少次，我都會選擇主動的人生。

三月了，就像草木彌生這個詞般，冬天緩緩地過去，春天正在路上，這麼想我好像每年都是這個時候開始結束冬眠，恢復了生氣，希望你也是，像這個詞一樣有著源源不斷的生命力。

祝日日常安

不朽 230302

在路上

展信悅，抱歉遲了那麼多回信，常常被時間的假象所糊弄，等到下個季節猝不及防地闖進生活中，才發現自己已經錯過了許多，而錯過的一切並不會因爲悔恨就回來，這一切並不會回來，我們只能走進下個季節，一如既往地，不再回頭。

「在路上」是我這幾年來最喜歡的一個心情狀態。

每當我想要做些什麼、想去哪裡，這個準備去往的心情，總是比抵達後的風景更美好，所以我有一個很奇怪的癖好，我喜歡坐車的過程，比起快速的高鐵，我更喜歡坐火車，也喜歡坐公車，我喜歡看著車窗外的景色一幀一幀與我擦身而過，我很喜歡拍關於車窗的照片，喜歡窗帶給我的感覺，從一個小小的窗口去看這個廣闊的世界。每次坐車的時候，我都私心地想，這個過程再漫長一些就好了，甚至可以爲了坐車，而起程去遠方。這麼說好像跟大家相反，大家都是爲了遠方才會坐車，而我居然總是爲了坐車才起程去遠方。

這就是在路上給我的感覺，活生生的，充滿生命力的。

其實去哪裡一點都不重要，我時常這麼想。

因爲目的地會隨著自己的心情、嚮往、閱歷、年紀而有所改變，比如十八歲的我想要來臺灣念書，於是我離開香港；中間突然想去韓

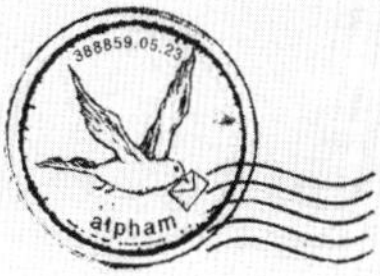

國留學，於是我離開臺北，後來又回來臺北，再後來我又出發了，去北京念研究所。每個階段的我，想抵達的目的地都不盡相同，然而，起程坐車的過程總是一如既往地讓人雀躍，我會著手規劃，我會期待、也會懼怕，我會懷抱著無數對於明天的幻想，我會對這個世界和未知的自己充滿好奇。我會前進，我會離開，我會往前走。這一切都多麼地充滿生命力，我想，這大概就是我喜歡的心情。

然而，在路上的過程不會只有雨天，如果所有日子都是晴天，那這個世界該有多無聊呢。不知道是有什麼黑洞體質在冥冥中牽引著我，在路上的過程中，我很少能碰上好天氣，時常陰天，時常下雨和刮風，一開始我會抱怨，我會氣餒，我會失望，我會想，如果是在天晴的時候出發，那這一切該會有多美好。是的，因爲天候不佳，實在是受過太多的苦，人生總是在下雨，有時候雨季可以漫長到你甚至遺忘它是從什麼時候開始下的雨，無止境的疼痛和悲傷，窗外的路濕了又濕，可是我卻仍然不曾停下我的腳步，哪怕這一場雨沒有盡頭。

無論下雨與否，我們都要繼續往前的不是嗎？這是我在路上無法閃躲的，無論現在發生什麼，我們都要前進，一如這個世界不停轉動，哪怕路遙馬亡。

我記得有一年去留學的時候，拖著兩個行李箱，走向宿舍的路上，突然下起了傾盆大雨，我已經沒有空閒的手爲自己撐傘，就這樣淋著一路的雨走到宿舍，帶著無比狼狽的模樣。有一瞬間感到委屈，

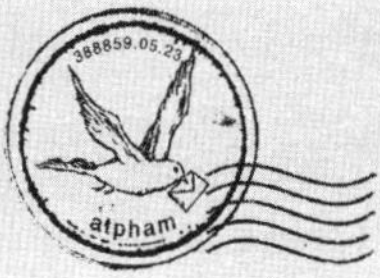

因爲這一路實在是太不容易了，我開始分辨不出自己臉上遺留的是雨水還是淚水，但沒關係，即使那麼不容易，我仍然還是抵達了，帶著不算美好的回憶，我仍然努力地往前走。很多很多次，當我覺得我不行了，再也走不下去，我卻還是能夠找到路，還是能夠撐過那些難熬的時刻，一次次地遇到困境，又一次次地走出困境。

我想這大概就是在路上的意義吧。

最後，再一次抱歉遲了許多回信，希望這封信能在冬夜裡帶給你一些微小的溫暖，希望你也能一直在路上奔往，砥礪前行，步履不停。感謝一期一會的相遇，敬請冬安，順頌時祺。

不朽 231120

夢想

展信悅，見字如晤。又到了不甚喜歡的六月，很奇怪，每年一到這個月份就會回到荒頹。也許是我太喜歡五月了，這種喜歡隨伴著一種心的悸動和揮霍，快樂好像都在這段期間被我透支，於是到了下個月，就得歸還那些向未來借來的歡喜，又逢初夏的梅雨季，只覺得一切黏稠和昏沉。

夢想，眞的是個很青春又很夢幻的詞。

我相信每個人小時候都寫過這個題目的作文，可能是職業的志向，可能是想要成爲什麼人，可能是單純的嚮往，環遊世界、買車買房、和愛的人共度一生等等，什麼也好，內心多多少少都有一個做夢的小盒子，我們往裡頭投進許多渴望。

慢慢長大就會發現，夢想這個詞沒有想像中的那麼兒戲、那麼純粹，當一切與現實相絆，夢想就不再像是兒時那樣可以隨便說出口了。開始會害怕失望，害怕付出之後得不到回報，於是衡量現實，不再自不量力，不再做偉大的夢，不再許遙遠的願。像你信中所說的，小時候被教導有夢最美，人要有夢想，爲夢想努力，可是從來沒有人教我們，要是夢想無法實現，該如何是好？

唔，該怎麼做？也許我們並不需要去思考該怎麼做。夢想之所以是夢想，與志向、目標、願望、理想等被區分出來，一定有著獨特的意義。

如果夢想只是爲了實現，那麼，又跟前面說的幾種有何不同呢？

夢想，應該是讓我們有夢可做，有念可想。夢想，不該被現實染成苦悶的顏色。它是我們終其一生的憧憬，揚帆起程的原因，是我的行爲和思想的地圖，是未竟之路，也是未觸之光，是沿途的照亮。

夢想，可以只是夢想。跟實現或現實，或者生活中的結果沒有任何關係。

我們的渴望讓我們成爲什麼樣的人。

我非常喜歡你的來信講到，夢想不一定是用來實現的，是用來守

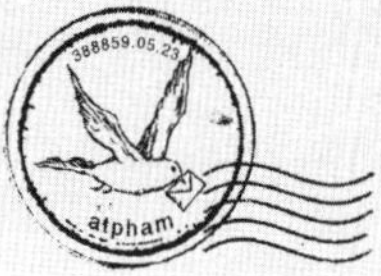

護的。

是的，擁有夢想，是件很奢侈的事，並不是每個人的生命中都可以找到自己的夢想。哪怕遙遠又怎麼樣，哪怕它宏大到不可能又如何，它仍然可以成爲我們生命中像燈塔一樣的存在，讓你夢，讓你想，讓你不被滿足，讓你不會停下腳步。

你的夢想是成爲一名教師，是因爲從前老師的溫柔對待、看重那個被忽略的你，於是你想要成爲那樣的人，這樣的夢想使你更加溫柔、有耐心、懂得善待他人。在追逐夢想的過程中所付出的努力，並不是簡單一句「沒達成」就能概括的，不是做到了才算數，途中歷經的改變，都在悄悄地讓你成爲想要的人。

愛做夢，很好。這個一邊做夢一邊前進的自己，很好。

就像我，成爲作家是我的夢想，寫作是我的熱愛，卽使今天我沒能成爲一名作家，但我仍然熱愛寫作，也會繼續寫，這跟是否實現這個夢想無關，因爲在寫作的路上，感受到心的悸動，還有源源不絕的生命力，用不同角度去看待世界，才是眞切的，才是最長久的。

而這樣的夢想，我想要一輩子守護它。

最後，關於你信中提到的憂鬱症朋友，作爲病者跟陪伴者，兩方的心情和立場是理所當然不一樣的。就我而言，當我生病時，會希望自己離去，不想再承受任何痛苦，世間的一切都使我感到疲憊；但對於陪伴者，當然不希望對方離開，會想盡辦法挽留，這並不是自私。

其實，兩者都不自私，只是擁有的感受和身處位置不同罷了。

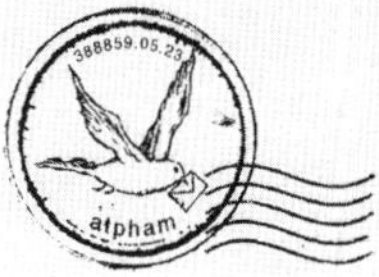

人與人之間，很難做到感同身受，他可能不明白你爲什麼要留住自己，你可能不明白他爲什麼想要離開，即使如此，兩人卻也結伴同行走了好長一段路，不是嗎。人與人最美好也最珍貴的是相互陪伴，雖然無法感同身受，但我仍會在這裡陪你。

你沒有做的不好，他也沒有，在巨大的悲傷下，也許不是因爲誰的錯，而是事情發生了，但重要的是，你還在陪伴著他，這樣就已足夠。一天一天的陪伴，走著走著，就能走過許多明天了呢。

寫這封信時，已經是六月的最後一天。這段期間，我沉浮在往復的稿件中，只要一想到，能平安地度過，就有點欣慰，又有點滿足。有時並不需要做到什麼偉大的成就才能稱讚自己，這樣小小的慶幸也很不錯，希望你能多相信自己，少懷疑自己。

祝日日常安，七月愉快。

不朽 250630

輯 5

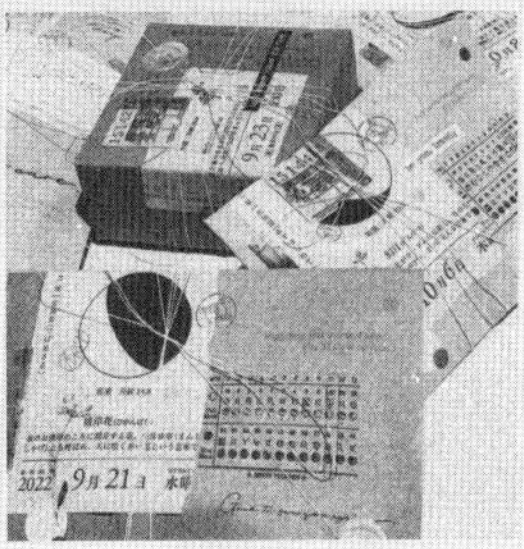

收。
藏眼前的風景

痛感

展信悅，見字如晤，執信卽念。這是三月最後的一封信，最近臺北一直在下雨，前陣子去了東京，也是如此。我彷彿從一個雨季，來到了另一個雨季，所到之處，總有綿綿不斷的雨，我不喜歡撐傘，晴天或雨天都是。我想要盡量地公平對待世間萬物，儘管這是個幾乎不可能的事，但我還是想要努力地去愛那些不那麼明亮的日子。

你說，做個有痛感的人，眞的是一句特別有意思的話。

我覺得人類是世上最矛盾的存在，這讓我想起一件小時候常發生的事情。那時很喜歡跟同學們玩鬼抓人的遊戲，我總是仗著自己跑得快，常常不管三七二十一就使勁地跑，所以經常摔跤受傷，回家後爸爸就會訓我：「要小心，不要跑得太快，不要受傷！」我很不開心，就反駁他：「你不要管我那麼多！」父親也有點不快，他說：「大人是根據經驗教你，好過你自己痛過才學會道理。」我想都沒想就回答說：「痛也要我自己去痛，學也要我自己去學。」

小時候的我哪懂得那麼多，我只是覺得大人們口中的經驗眞奇怪，我又沒經歷過，怎麼會懂呢。

規避痛苦，大人們常常是這樣教導我們的。事實上，這也是我們在長大的過程一直試圖去尋找的方法。於是我們去愛、去跌宕、去流浪，遇見好的人不好的人，碰上一些悲劇的發生，錯過了一些承諾和緊握，犯一些無法挽回的錯誤，狠狠墜落，默默破碎，感受痛苦在我們身上撕裂和發酵，腐蝕靈魂的碎片，然後試圖去尋找治癒的方法。想好起來啊，想忘記痛楚啊，告訴我怎麼辦，告訴我如何不悲傷，告訴我怎麼才可以不痛。這些都是二十初頭時常常去思考的問題，當然，這些問題都沒有答案，又或許是說，等到我找到答案時，答案對我來說已經沒有用了。

當我們開始學習痛，我們就會開始習慣痛；當我們習慣痛，我們就會忽略痛，因爲學習的本質是「複習」，透過一次一次地深陷來反覆練習，失望、失去、失誤、失敗，學會了就等於失去重新感受它的機會，就像是我們很早就學會「一加一等於二」，所以我們不會反覆去思考這些淺顯易見的計算題，太簡單了，不值得我們停下一顧。痛苦也是這樣，當我們逐漸熟練，逐漸習以爲常，當我們完全駕馭它，我們就對它失去興趣了。

吃抗鬱的藥將近十年，我終於變成一個麻木的人。我不再哭泣，鮮少感受到情緒在我身上的脈絡，對於許多的事情我都太無所謂了，這種無所謂讓我不再在乎，不再將什麼放在心上，反正只要明白我什麼都帶不走，一切都不再重要。心上什麼都沒有，空蕩蕩的，沒有快樂也沒有傷痛，只是荒蕪、只是虛空，不再像個人。

不再像人，我在日記上寫下這四個字。像個人一樣活著吧，我時常對自己說，要吃飯，要睡覺，要有喜怒哀樂，要有些在乎的東西，要感受痛。曾經我是多麼渴望可以逃離排山倒海的悲傷，最終我不再置身於那個廢墟裡了，卻想要尋山遍野找到回去的辦法。人眞的很矛盾吧。

於是在研究所時，我拍了一部交作業用的短片，名爲《鯨落》，講的是一個患有憂鬱症的女孩日常生活中的片段。和拍攝的攝影師第一次開會時，我們討論到，一個有病的人是怎麼樣的。

他沒有惡意地問：「是會總是歇斯底里，常常痛哭嗎？」

我跟他說：「和你們想像的不同，眞正的憂鬱症是什麼都感受不到，藥物會隔斷所有的情感，將一個人抽空，失去了生命的活力，很少哭泣，既感受不到生的意義，也感受不到死的可怕，就只是一個空蕩蕩的人，萬物可以穿透而過，而他即將斷線墜落。我想要訴說的，就是這樣的故事。」

做個有痛感的人，是一件多麼美好的事情。痛感，像是快樂的模具，塑造著我們覺得幸福開心的形狀。只有能夠感受痛苦的人，才能夠感受生的意義。

有些人可能會認爲這是一件自虐的事，但我不認同，有痛感是指不去拒絕身上的每個感受，不去排斥自己感受到的一切，不將情緒排斥在外，感受這些情感的脈動。說實話，不是學會了規避痛苦，就能過得更加快樂，快樂和痛苦之間，存在一條極寬的河流，當我們失去痛苦，也相對地失去了感知快樂的敏銳，兩者是極與極，但同樣也是相輔相成，成就彼此。

做個有痛感的人，是我至今爲止仍然在提醒自己的事。

三月要過去啦，這是我今年寫的第十三封信。很喜歡你寫到「筆筆慢」這三個字，很浪漫呢。喜歡書寫的時候，每一筆都寫得很慢很慢，那代表著我花許多的時間去書寫，去想著收信人，花時間，就是一種用心，這樣的信，一直承載著許多眞心。

希望你收到信的時候，也能感受到一紙一句裡頭的浪漫。

祝日日常安

不朽 230329

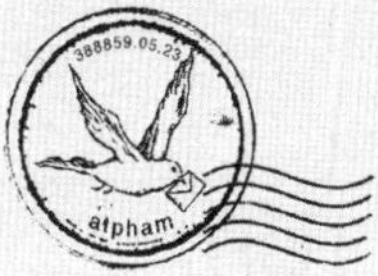
388859.05.23
atpham

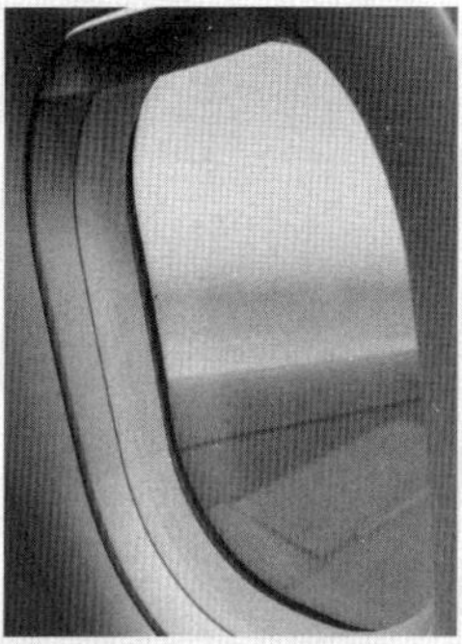

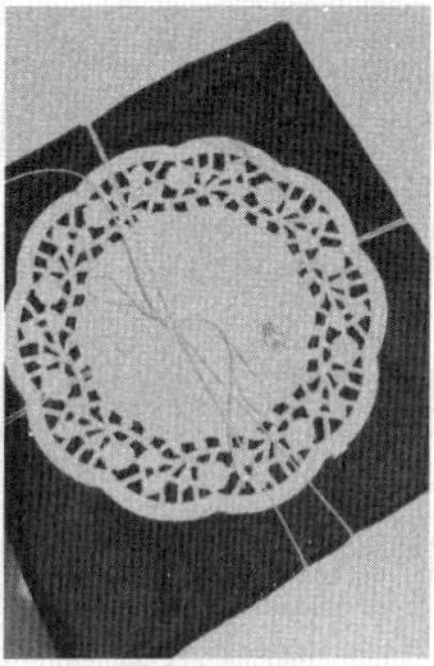

願你自由

展信悅，見字如晤。不知不覺三月了呢，我總感覺自己仍在渾渾噩噩，不知該朝哪前進。謝謝你的來信，我看到了很多未滿和空白，也看到了伸手擁抱缺憾的你。不知道為什麼看得有想哭，我猜大概是我們都有些無法卸下的包袱。

我忘記之前在哪看過這樣的一句話：「人一輩子都在治癒童年的傷口。」仔細一想，確實就是這樣，我們小時候所見的、所感受的、所學的、所缺的、所愛的、所恨的，像是扎根那樣，一切都會陪伴著我們一輩子，成爲我們靈魂的一部分，和「我」永遠不分離。

有一部分的我被遺留在過去某個時間點，她不再長大，也不會消失，而且日日夜夜提醒著我有過這樣的傷。承認她和接受她並不容易，起初總是想逃，離她越遠越好，可隨著時間，她就越發明顯，她的存在也越發沉重，我們不能假裝發生過的一切從未發生，因爲這些都已經無法扭轉地、眞眞切切地存在過，甚至正存在著。拖著她前進的我，會越來越吃力，走的每一步都好艱辛。我相信你也是這樣。

關於童年的一切是永遠無法改變的。

我寫過一本書叫做《你的少年念想》，書裡有一篇關於童年的故事，主角是一名叫做莫妮的女孩，她活在一個不錯的家庭，但由於她的母親有著強烈的佔有欲和控制欲，使她總是喘不過氣來。一開始她以爲這是自己的問題，因爲母親總是說，你看我多愛你。在所有人的眼中，她是在愛裡長大的孩子。因爲是愛，所以無法拒絕，不能說不。因爲愛，就要感激，就要知足。

莫妮的母親總是用盡各種方法監視著她的生活，這使她窒息，使她厭惡，但因爲愛，她連恨母親的理由都沒有。每當對母親產生這種生理性的厭惡，她就會更討厭自己。這樣的愛像是毒藥一樣侵蝕著她，從來沒有人問過她好不好，要不要這樣的愛，人們默認愛是好的，默認以愛之名可以做任何事，所以她只能接受，一旦生出任何壞想法，她就愧疚，是啊，有那麼愛你的人，你怎麼還可以恨呢。可是她的一部分靈魂在吶喊，吶喊著她的傷心、她的痛楚、她的壓抑……

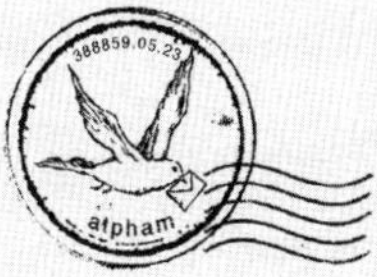

這使她分裂，該怎麼去形容這種分裂呢，就像是一個滿面笑容的黑影，用溫柔的雙手勒緊她的喉嚨，一點一點將她殺死。

我想這就是你來信所說的：「他們應該是要一體的，而不是長成現在這樣四分五裂的。」這個黑影是她的母親，還是她自己，我不知道，我說不出個答案。

這篇文章的第一句話是這樣寫的：「她最恨的人是她最愛的人。」我想她是愛母親的，她對母親的愛和對母親的恨並不衝突，愛母親的莫妮和恨母親的莫妮都是莫妮，每一塊都是她身上的碎片。

最初在寫這短篇小說的時候一直在哭，感受到那種無可奈何的童年如何扼殺一個人的靈魂，愛是如何毀掉一個人。莫妮的結局並不好，她的一生也許都要伴隨著童年帶給她那種窒息的陰影，至今我仍然無法去寫莫妮的續篇。

我們用一輩子在治癒童年，沒有人能教你怎麼做，才能填滿漫長歲月中的空隙和未滿。也許這是一件一輩子都要去努力的作業，也許某一天我們長大了，明白到每個人的童年都必定經歷渺小，然後決意成爲一個強大的人，強大到可以伸手去擁抱那個曾經受傷的自己。

雖然已經成爲永遠的過去無法改變，我在想，有沒有一種可能，一個人既可以是這樣，也可以是那樣，不必去尋找，眞正的我一直都在我裡面，只是我們不想承認而已。

一個人不是只有一個樣子，所以分裂也沒關係，那也全部都是我啊。

有時候我覺得長大是件很殘忍的事，但某些時刻，一想到我長大了，我比起從前的自己更有能力了，就能釋懷這一種殘忍。是啊，我長大了，我不再是童年時期的自己，她只是我的其中一部分，而不是全部。這意味著，雖然童年的一切無法挽回，但它不是我的唯一，我已經不再是從前的自己了。我很慶幸這件事，我希望你也是，你已經成長了，已經不再渺小。

至今我依然覺得「願你自由」是世上最美好的祝福，有時候不是指現實生活中物質、地域、身分之類的束縛，而是某些記憶、執著、放不下的人事物，一分一刻都在緊握著自己，讓自己無法動彈。所以最後還是希望你可以自由，不再被過去所箝制，不再拉緊困住自己的韁繩。

願你自由，願我們自由。

祝日日長安。

不朽 230308

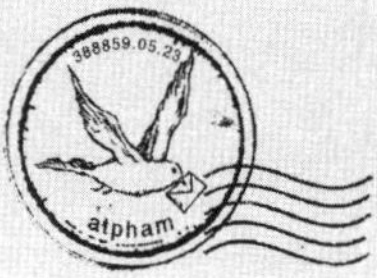

壓力

展信悅，見字如晤。遲來的新年快樂，月初的時候去了一趟東京，碰巧遇上這幾年來東京下過的最大一場雪。那個晚上，大雪紛飛卻無聲，在暴雪之中我拖著行李獨自往前走，雪落在肌膚上瞬間融化成冰雨，置身在寒氣逼人的冷風中，我忽然感覺到，我們誰也無法避免冬日裡的孤獨。每一個人都要學會獨自過冬。

我相信毫無壓力的生活絕不存在。輕而易舉地達成目標和夢想是件遙不可及的事。就像是我們在走上坡路，想要和走下坡路一樣輕鬆，是絕對不可能的，哪怕體力再好的人，也會覺得累，覺得辛苦。每當我感到有壓力的時候，就會把它們想像成是自己的光環，唯有能夠承受之人，才能夠擁有的光環。想像我在山頂上可以看見的風景，想像我想要的未來，就覺得一切都值得。因爲我想要的生活，值得我現在爲它付出一切的痛苦。如果我連付出這些努力、承受這點壓力的抗體都沒有，那我又如何值得我想要的一切。

人生的每一個階段都有專屬於那個階段裡要學習和要克服的東西。學生時期是學校和學業、升學等等的困難；到了大學，就開始面對更大的世界，面對人際關係、面對新的環境；然後再長大一點，開始踏入社會，面對生活、面對現實、面對金錢；再長大一些，我們開始面對愛、面對家庭、面對婚姻或是社會對結婚的一些刻板印象；再年長一些，就要面對前半生所有的擁有都將轉成失去，然後我們要面對衰老、面對病痛、面對死亡。

每一個階段都有屬於它的課題。

無所謂喜歡或不喜歡，到了那個階段，即使你多麼不願意，你仍然要面對，然後受創，然後學習，然後釋懷，然後往前走進下一個人生階段之中。所以問題不在於怎麼樣產生動力去喜歡必要的課題，而是把它想成通往下一段的路障，無論如何，你都要經過它，然後往前走，否則每一條路皆是死路。想盡辦法去跨越路障，去看看那未知的風景，就是一切的動力。

我發現自己其實並沒有討厭壓力在我身上的作用，儘管我也常常因爲壓力太大和焦慮而下意識做出一些自虐的行爲，但我仍然覺得生活中，壓力是必須存在的。就像工作期限、目光、期望、標準等等，如果沒有這些硬生生的東西逼著我往前，也許我不能走到現在這裡。

我經常跟朋友開玩笑說：「我是死線戰士，deadline就是最好的原動力。」當然一部分是跟我拖延的陋習有關，一部分卻是因爲，在沒有退路的時候，那種壓力能夠使我爆發出自己也意想不到的能量。我並不是鼓勵你要像我一樣，而是換個方式去思考壓力之於我們生命，眞的是壓著我們的力量嗎，我覺得不全然是，壓力說不定是動力的另一個代名詞，你覺得呢？

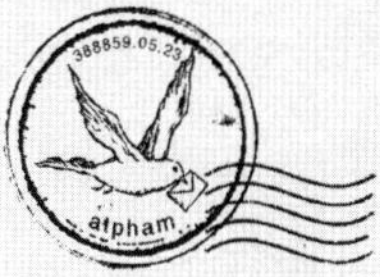

最後你的來信讓我選一句喜歡的話，只選一句實在太難了，喜歡的話那麼多。那麼分享一句今天我剛好想起來的，來自卡繆的情書集裡的一句話：「我最後的自由，是拒絕忘記你。」好浪漫啊，記住什麼，是世界上最浪漫的事。

遲來的生日快樂，希望你想要達成的都能靠自己的努力實現。

紙短情長，感謝一期一會的相遇。

不朽 240223

斷捨離

展信悅，見字如晤。抱歉遲了那麼久回信，實在是無法在寒冷的冬夜裡分出一點心神來寫信，最近天氣終於暖和起來了，才感覺自己慢慢從冬天解凍，手腳不再總是冰冰冷冷的。原諒我的冬眠，在漫長的冬眠之中，我有時也會怪責自己，懷念那個提起腳用力奔跑的自己，可是現在我不想再這麼做，我想即使虛度一些季節也沒關係，人生很長呢。

主動去告別人事物，讓我想到「斷捨離」這三個字。前幾年這個詞突然就成了一個流行詞，讓大家都開始去思考人生必要的割捨，讓大家開始整理自己的人生。我一直覺得自己是一個很擅長斷捨離的人，主要是因爲我剛成年沒多久就離開熟悉的城市，來到陌生的臺北念書，這十年有餘的日子斷斷續續去了不同的城市生活，讓我不得不定期去做斷捨離這件事。

經常離開就會明白到：你帶不走所有東西。行李是有限的，當人生的空間被限制的時候，斷捨離就是一件非常重要的事。很多東西都很重要，但你要在眾多重要的東西裡面，找到更重要的東西，在重要和更加重要裡面取捨，若是行李太多，就很難往前走了對吧？背著越重的東西，往前走的每一步都會越吃力，這是我多年來的一些痛苦的經驗。

我覺得將它應用在人生之中，也是如此。若是你心裡的行李多了，你也無法往前走，你會被這些行李重重壓著，每走一步都如履薄冰，提不起腳，動彈不得，然後你無法往前走，你就會離想要的、嚮往的、渴求的越來越遠，結果又回到了最初的問題，割捨。可以不用往前走的，那就捨棄未來、捨棄你嚮往的、想要的，努力維持現在的東西、狀態；想要往前走，就得斷捨離那些帶不走的行李。沒辦法都要的，什麼大人不用做選擇，是騙人的，大人要做更多的選擇，這才是眞的。

以上是關於物的，但相對而言，關係、友情、愛情的斷捨離，就困難許多了，因為那就不是一個人的事情了，自然會多了很多拉拉扯扯，反反覆覆，不能像物件那樣，丟了就丟了，彼此牽絆的時候越久，就越是難以割捨。

這讓我想到大學時期交的男朋友，談了差不多一年的戀愛，我去韓國短期留學，一直處於異地戀的狀態，中間我們一直分分合合，每一次都是他說分，過了兩天，又和好，就這樣來來回回，藕斷絲連。我從起初的哭得死去活來，到默默心痛，再到後面慢慢習慣，我們就像是一條橡皮筋的兩側，拉扯著直到最後失去彈性。但是無論如何，當他說分手後又重新回來時，我還是會接受，重新和他在一起，也許是不想失去，是不捨得，是離不開，什麼原因都好，這段不健康的戀愛一直持續了好幾個月。

後來我發現自己是故意不去割捨的，不想成爲那個先斷裂的人，直到有一次他跟我說：「你覺得自己這樣很溫柔很善解人意對不對，你不知道，你的溫柔其實很殘忍。」到了那個瞬間，我才明白，原來我認爲的忍耐、堅忍、原諒，只是我認爲的。一段有毒的關係，責任是一起的，對方可能有許多做得不好的地方，但一直忍讓、一直原諒，想要善良的自己就沒有責任嗎，不是的，不是這樣的，沒有把有毒的問題解決的兩個人，責任是對等的。有時候很不公平吧，我覺得那是我的溫柔，但對方不覺得，我們的價值觀不同，想要的，和能夠給予的，並不能總是對得上。

不捨得，的確很痛苦呢，爲了不想失去曾經擁有的，而選擇妥協，寧願忍受，這是我們相遇的初衷嗎。我常常會想，我們爲了什麼一起，一定不是爲了這樣子反反覆覆折磨對方的吧，想到這裡，繼續維繫下去是對的嗎，說好要做彼此生命的良人，這一切都面目全非了呢。於是，那時我在心裡爲這段關係定下了一個斷捨離的規則，在分開多少次之後，就再也不會接受他回來了。然後默默地算數，最後一次他說分開，我說好，我們就徹底分開了。

關係上的斷捨離的確很難，所以我會用一些小方法，就是設下一個分數或者原諒的次數，給過很多機會，也爲這段關係做了足夠的努力，然後當分數扣完了或者次數用完了，就是真的到了說再見的時候，這是我會用的方法。有時候我覺得不是不懂得如何善待自己，而是因爲太縱容自己，縱容自己一直深陷在那裡，爲了不想失去而縱容自己去傷害自己。

碎碎念了一些故事，希望有幫到你什麼，或者給你一些不一樣的想法，馬上就要春天了呢，春天適合重新開始，不如就趁這個機會開始思考一下主動去告別過去這件事，也算是往前走的一大步吧。

感謝一期一會的相遇。日日常安，朝朝歡喜。

不朽 250310

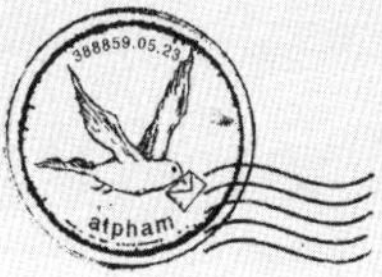

旅行

展信悅，見字如晤。抱歉遲了那麼久才回信，在季節的變換中，我好像卡住在時間的縫隙裡，日子開始變得模糊、泛白，一轉眼，十二月就到了，好像又走到了要結算今年和說再見的時候，我不確定自己是不是眞的準備好再見了，可是轉念一想，要是我沒準備好，就不需要說再見了嗎，好像也不是的，時間是這樣的，它從來不會等誰準備好。

關於跟家人去旅行這件事，也讓我深有感受。今年四月份我帶著媽媽一起去日本旅行了。其實我跟家人關係不是很親密，由於很早就離家獨立生活，加上自己冷漠的個性，形成了我並不常跟家人聯繫的習慣。今年剛好有機會帶著母親去旅行，這對我來說是件很艱難的事，因爲我喜歡自己去旅行，也常常獨自上路，孤獨於我而言似乎不是一個需要解決的問題，親密的關係才是許多問題的根源。

旅程的過程其實不算特別開心，因爲母親的個性和我非常不合，她喜歡早起、把行程排得很滿，而我習慣晚睡、沒什麼體力，喜歡隨意到處走走停停，帶她去玩我每天都累得要死要活。我們對於旅遊的定義完全不同，她認爲旅行就是要儘量體驗更多的事情，而我卻覺得旅行應該是讓自己休息的。在這樣的分歧下，總會在小地方和習慣上發生爭吵。每一天我都在想，我在哪裡、我在做什麼，我並不快樂，

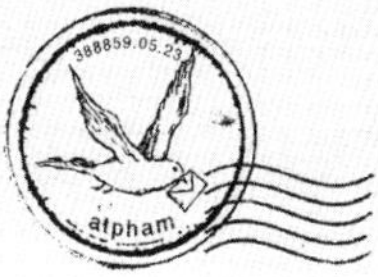

她也不全然快樂，如果都這麼不快樂，爲什麼還要繼續這趟旅程？到底是爲了誰的快樂？爲了些什麼？是不是人與人相處的過程中，就必須犧牲一個人的快樂去換另一個人的快樂，又或者是不是這個世界上根本就沒有所有人都幸福的方法。

想了很多，跟你的來信有些許相似的地方，我覺得人跟人之間，是沒有所謂的「絕對契合」，像拼圖一樣毫無縫隙般完美的吻合是一種幻想。每個人都要有所讓步，有所成全，又有所掠取的地方，我們身上的稜角都不盡相同，有時刺傷別人，又有時被人所刺，世界上不會有一模一樣的彼此，所以這需要經歷漫長的磨礪，而旅行大概就是相互磨礪的機會吧。

回到這次旅行，一直吵吵鬧鬧、嘮嘮叨叨到最後一天，因爲天氣極好，我們決定用半天時間快閃鎌倉一趟，然後看見了絕美的海。春日的陽光一點也不猛烈，只是溫暖和煦，輕柔地打在波光粼粼的海面，春慵日長，在那一刻，我們都忘記了所有不開心的事，只是專注於眼前那片閃閃發亮的大海。我忽然明白了，一切已不再重要。或許快樂和幸福都不是最重要的事，這個世界上有比快樂更重要的東西。你覺得呢？其實重要的一直都在眼前對不對。

很神奇，如果不是在旅程的前期不如理想，在看到海的那一刻就不會那麼戲劇性地湧上一種無語凝噎的感動。海永遠都是那個海，它會變得深刻難忘，是因爲看海的心情和陪你看海的人。

那一瞬間，我想我可以原諒所有歧途。

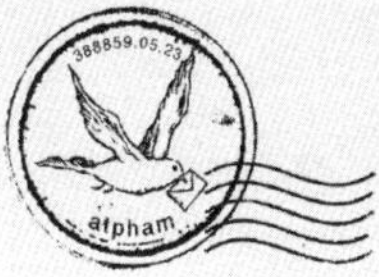

關於我喜歡的旅行模式，不管是一個人還是跟朋友一起，都不會安排太多的行程。就像我信中提及，旅行應該是休息放鬆的，也許跟我隨性的個性有關，又或許是以前實在是經常遇上失望的事，天氣欠佳、突發事件更是家常便飯，令我學會不去對旅程有過多的期望和安排，但這絕對不是消極的意思，而是無論我遇到什麼，見到什麼風景，都將它視爲旅途中的必然，去感受它，即使它不那麼如意。

天氣不好的時候可以在飯店休息一整天，或者待在咖啡廳裡看雨，想去的店公休就在附近走走逛逛，不去規劃太多，走到哪裡算哪裡，見機行事，隨心所願，晃晃悠悠，走走停停。

偶有遺憾，心裡也會生出可惜的心情，可是轉念一想，這樣的可惜卻又成就了下一次出發的理由，抱著這樣的心態自由地流浪，反而經常會發現一些意料不到的驚喜。

不知道你是否又再踏上了新的旅程，如果是，祝你一切順遂，萬事值得。最後，再一次爲遲來的回信而道歉，希望你有一個溫暖的冬日，感謝一期一會的相遇，敬頌冬綏。

不朽 241218

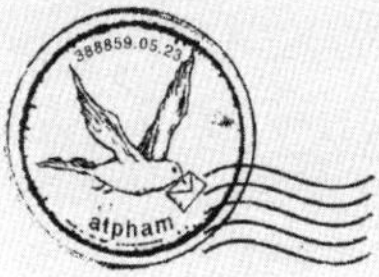

焦慮

展信悅，見字如晤。突然驚覺已經到了四月底，這幾個月時間過得異常地快，像是被神悄悄地按下了二倍速按鈕那樣，一切都在快轉，來不及眞正地感受什麼，時間就把我拖著往前走，走得飛快，走得匆忙。窗間過馬，一切都輕盈得不落任何痕跡。

今年我並沒有像是去年那樣到處去旅行、追星，只是安然活在自己的小屋子內，日出、日落、晴天、雨天，少了一些極致的閃光點。日子平平淡淡，沒有好，也沒有不好，只是過日子。我不能確定這段時間內的自己快樂嗎，畢竟人生並不是只有快樂和不快樂兩個狀態，我沒有不開心，我只是安靜地過日子。以前一直覺得每個階段都有自己需要學習的事情，我猜現在的我，就是正在學習如何面對平淡吧。

沒想到上次寫信給你已經是快要一年前了，那時的我們還在說著關於生離死別的事，後來我寫了《我心中有個不滅的宇宙》來紀念宇宙，在那些書寫的日子裡，我彷彿又再不斷地經歷著滂沱大雨，想念就像是雨水那樣滲透了我的身體，在那樣的大雨裡，我竟覺得如釋重負，甚至不想要四處尋找雨傘，我只想被淋濕，在雨中作樂。那一刻我感受到，原來想念也不一定要難過，想念可以穿透我的生命，成爲我的一部分。

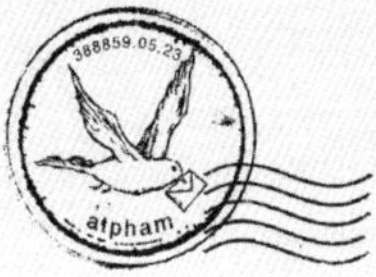

　　這次你的來信說了焦慮的事，我一直不覺得自己是個焦慮的人，但是在書寫或思考或煩悶的時候總會有下意識動作，撕嘴唇上的皮或者摳指甲，這是完全控制不住的，通常等我意識到，嘴唇或指甲都在流血，感受到疼痛，才驚覺原來我在焦慮，這是身體給我的信號。

　　有時我在想，人的大腦其實很聰明，是過於聰明的那種，它會幫我們過濾掉一些不好的東西，這個舉動近乎是無意識的，所以我總是誤以爲我沒事，沒在焦慮，沒在煩，很奇怪吧，大腦有時候會對我們說謊。

　　每一次流血的時候，我都會停下來問自己，爲什麼會焦慮，我到底在煩些什麼，害怕些什麼，我到底在被什麼追趕著，以致我得把自己弄得頭破血流，都還要不斷地奔跑呢。我其實說不出來一個答案，感覺在我身後追著我跑的東西，是我自己，那個想要變好，想要更好的自己。

於是我的焦慮都出於每當我覺得自己不夠好、應該更好的、可以更好的時候，我想那是我心底裡最深處的渴望吧，一個更好的自己。

看《腦筋急轉彎2》的時候，焦焦總是以笑臉迎人，也總是做足了所有的準備，想好了所有最壞的方案，規避了風險，想要討好所有的人。想要好，想要更好，想要最好，這種深切的渴望最後讓他難以負荷。我想我們都好像是這樣子的，明明是出於一顆美好的心，「想要好」是一件多麼美好的心願，可是爲什麼正向的心願卻會成爲我們的重擔，狠狠地壓垮自己，我覺得問題並不出於急切的心和願望，而

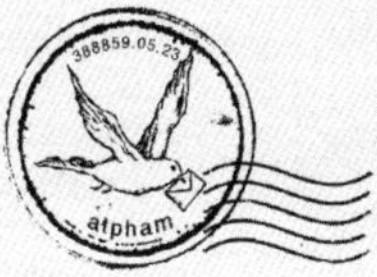

是「應該」兩個字。

我應該好，我應該笑，我應該更高分，我應該有更好的業績，我應該開朗，應該賺更多的錢，應該漂亮帥氣，應該被人喜歡。每一樣東西都那麼美好，但是它們都不是「應該」要做的事，沒有做到這些，並不是人生的什麼遺憾，而做到了這些，才是值得嘉許的事。這些都不是生命的必須，沒有什麼是生命的必須，活著沒有那麼多令人窒息的條件，做到了這些很好，做不到這些也很好，生命很廣闊，在草原上不只有奔跑一個選項。

開始這麼去想之後，我發現腦袋裡的焦焦不再那麼容易走火入魔了，那不代表我不努力去生活，而是明白到努力了也可能會做不到，努力了有時也會徒勞無功。承認自己做不到，是我們每個人都要去學習的事，但是不要緊的，一如我所說的，未來還很長。年紀漸長，深刻地感受到，人是會轉變的，現在的我，跟從前的我可以很不同，現在做不到的，不代表以後做不到；同樣的，現在做不到的，有一天也可能會變得不再重要。

看到你在來信最後寫說「希望我們總有一天不會再被情緒綁架」，這句話讓我想了很久，綁架嗎，我們一直在被自己的情緒綁架嗎，它們在我的身體裡，是爲了與自身抗衡而存在的嗎，它們是我的敵人嗎。我覺得不是這樣的，它們存在於我們身體之中，是爲了拯救我們。

悲傷是爲了讓我流淚，讓那些傷心從我的心臟漏灑出去；開心也

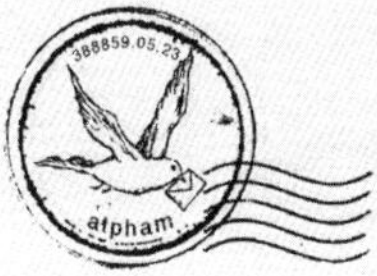

是，讓我們笑，讓我雀躍；生氣是爲了讓我們發洩；那麼同樣的，焦慮是在幫我，讓我想要變好。它們各司其職，最後成就了我。

我想我不應該討厭它們，因爲它們是我本身。

最後回覆一下你說的死亡這件事，這一年來我已經甚少去思考死亡了，也許是宇宙的離開讓我明白了什麼，我正在帶著那些已經死去的人事物往前走，我想做那個一直記住他們的人，這是一件很浪漫的事，所以想要跟你分享，我認爲這場我和死亡的對峙，是我贏了，因爲啊，「死亡」怕的，從來不是不怕死亡的人，而是不怕活著的人。

共勉之。

感謝能夠再次這樣書封來往，要五月了呢，是我喜歡的初夏到了，希望你的生活一切安好。

日日常安。

不朽 250430

附錄

念。給宇宙的信

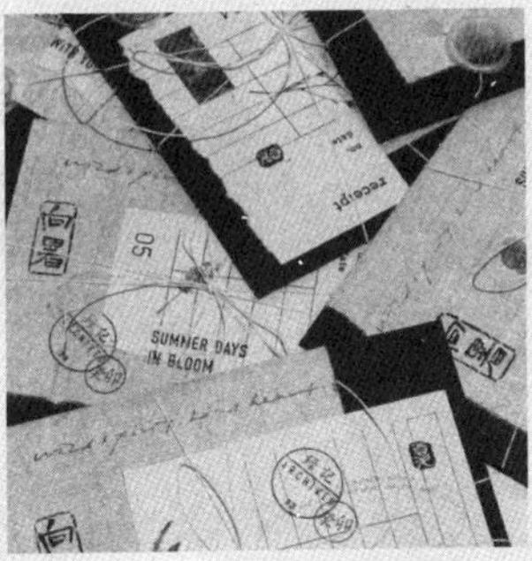

800

第八百天了，展信悅，見字如晤。

總覺得這一百天過得異常的快，不知不覺，在幾場秋雨之後，霜降已過，再不久就要立冬，馬上又要到了季節的末端。我彷彿能夠看見從遠處開始，寒冷一點一點凍結土壤的樣子，世界安靜、蕭瑟，而我將在雪地中踽踽而行。

七百天時，我還在寫《我心中有個不滅的宇宙》這本書，在這一百天裡，完成了十三萬多字的文稿，加上出版一些零零碎碎的事

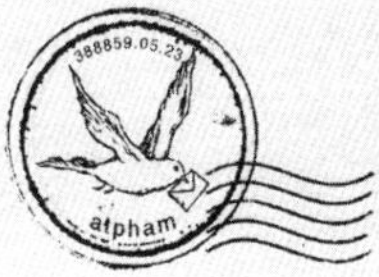

情，看了幾場演唱會，發行了新書，也順利辦完了三場簽書會，見到了許多的讀者，和他們笑、和他們哭與擁抱，我們說著下次見。你看，我現在可以給自己找到許多關於未來的期待，就像書裡所寫的，這些都是你教會我的。

在發書期間，我鼓起勇氣做了一件小時候一直很想要完成的事情。曾經跟大家分享過，我想要成爲作家，起因是想要寫故事；後來出書都在寫散文，直到研究所才重新執筆寫故事，然而，因爲生活中一些令人傷心的事，於是又被擱置了，我還是沒能將畢業劇本《零和遊戲》寫成小說。

直到八月，在一個很偶然的時刻，想到了一個故事的點子，於是坐下來開始寫，寫著寫著五、六萬字，用了一個全新的名字，開始連載小說。幾天更新一次，陸陸續續收到了讀者的留言、催更，這也讓我更有動力將故事寫完。好玩的是，這些讀者不知道我是誰，他們不是爲誰而看，僅僅是喜歡這個故事，而願意等待。直至今日，這個故事已經超過二十萬字。

寫小說的時候，我時常回想學生時代的自己，除了國文課，別的科目都沒在認眞讀書，老師在台上講課，而我則在底下偷偷寫小說，幾年間也寫了幾十萬字，那本小說一直存在我的資料夾裡。是一種很純粹、很乾淨的快樂，不是爲了給誰看，也不是爲了未來，就是當下有些東西非寫不可。

沒想到，多年之後，我找回了那種很純粹的快樂，原來沒有任何一瞬的過去，是被浪費的，它們全部都適得其所，全都充滿意義。

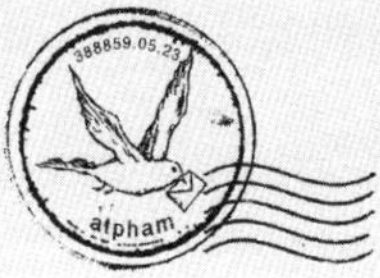

就在前陣子，小說連載了差不多兩個月，而我的帳號卻因爲莫名的原因消失了，最不捨的是上千個讀者給我的留言，當下有一種家被偷了的感覺。這種感覺並不陌生，生命裡有很多次，在我很努力重建自己時，總是會有突然一場狂風暴雨，不費吹灰之力，就將我辛苦累積的一切，變成廢墟。這麼多年來，我一直在重新來過。

不斷地說再見，離開又回來，然後崩塌，重建，又破碎，重生，又被捏死，很多很多次，不斷地重新來過。我曾經相信，那會是最後一次重來，最後一次歸零，帶著這樣的決心，傾盡自己所有的一切，去努力、去塑造、去築建、去燃燒，到最後，我還是一如既往地，血流如注，什麼都沒能留下。

茫然了幾天，不知道自己該做些什麼。

我跟朋友說：我這兩個月的快樂，沒有了。

她說：親愛的，你可以繼續寫，你的快樂是寫東西呀。

快樂的本質是什麼，我熱愛的是什麼，眞正重要的是什麼，我想了很久，外在的一切都是可以被拿走的，有一天人類也可以被機器取代，曾經我們認爲重要的一切，都是可以隨著新的年代來臨而被更替和淘汰。總有人來，總有人走，世界以這種極其自然又殘酷的方式保持著它的鮮活。那麼，眞正重要的到底是什麼？

一定是屬於我們自己的，深刻的，如同靈魂一樣的事物。

《我心中有個不滅的宇宙》有一段是——

現在我知道自己是錯的。

這些日子、全部、所有、一切美好通通都是真的，沒有一刻是虛假的，它們真真切切地存在著或者存在過，哪怕形體消失、生命消逝、快樂消散，結局是不會改變曾經經歷過的事情。

並不只有看得見、抓得住的事物才是真實存在，所以這一切並沒有遁入虛無，而是以另一種更加透澈的方式，墜入進我的靈魂，成為我不可或缺的一部分。

那些留在靈魂裡的，才是最珍貴的。

我仍在繼續書寫著。

我還是會一直這樣重新來過。

曾經我會害怕這樣孤獨地開始和結束，現在我知道，我並不怕，
因為我有一顆滾燙的心，它足夠滾燙，也足夠支撐我無數次地毀滅又
重來。

不朽 241027

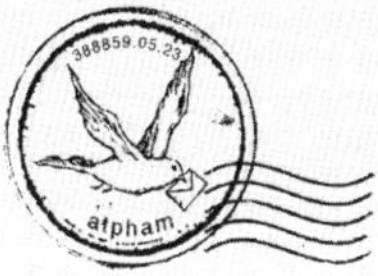

900

九百日好，展信悅，見字如晤，從地球寄去一些新年的祝福。

遲來的新年快樂，我仍過著漫長的冬眠中，也因爲寒冬而忘記了時間，被冰冷弄得四分五裂。腦袋和心臟被遺留在上一個季節，而身體和觸感則被冰雪封住，凝凍成冬天的一部分，很奇怪，原來一個完整的人是可以如此分裂的，身體並不同步，好像與自己有了時差，大概要隔了很久很久，我才能回過神來，這種後知後覺，時常讓我錯過了許多。

在昏天暗地的睡眠中，反反覆覆做了一些夢。其實吃了安眠藥之後，我甚少做夢，只是慣常地把大腦開機和關機，就像是一台機器。

自從去年把安眠藥減半之後，終於開始做夢了。

最近一個比較深刻的夢是這樣的：夢裡我在很多人的車站上車，跟某人約好要去目的地，上車之後卻發現自己落下了一部分行李，於是立刻下車，到對面的月台折返，坐了反方向的列車回去，找回了原本的行李，可是身上的行李又落在剛才的車上。如此一來，我拿不回全部行李，最後一波三折還是去到目的地，發現那裡沒有人在等我。

不知道有什麼意味，我猜又是一些生命的隱喻。帶不走的行李、等不了的人。

醒來竟覺得悲傷，這幾個月，我真的很少有悲傷的時候，我學會了再去愛些什麼，學會了真心地笑，學會了放過自己，說不清楚夢裡的哪個部分讓我傷心，也許是那些丟失的行李，也許是沒有人等我，也許只是悲傷，對，只是悲傷，傷心可以是沒有任何理由的。

這一百天裡，從二〇二四年跨到二〇二五年，之前一直說自己是個沒有願望的人，今年少有的，列了一些新年的目標，覺得自己很棒，想認眞地往前走，這種往前走是眞心的，不是被誰拉扯著前進，是我眞的想要，並且願意提起腳步向前（雖然在冬天裡我仍然沒有辦法），現在我知道，往前走的每一步，都是我的路。

你看我啊，比九百天前的自己，又成長了一些。

啊，對了，在這靡爛的冬日裡，我只做了一件事，就是定下了二〇二五年底去南極的日程，是的，要去南極了，想把你帶去世界的盡頭，到了那裡，再給你寫一封信，告訴你那些極地的風景，想跟你說，我去過最寒冷的地方，大概就不會再害怕所有沒有你的冬季。

還有一件比較印象深刻的事，是看了《哈利波特》的全集電影馬拉松，體驗在電影院過夜的感覺，但這不是重點。重刷一次《哈利波特》（雖然已經刷過九千次），不知道為什麼特別、特別記得在最後一集裡，哈利和鄧不利多在一個純白的夢裡對話，哈利問說：「請問這是眞的嗎？還是只是發生在我的腦海中？」鄧不利多毫不猶豫地回答：「當然是在你的腦海裡，但又爲什麼說它不是眞的呢？」我很喜歡這句話，眞的和假的，它們並不是反義詞，那些夢，那些幻想，那些虛擬的憧憬、情感或寄託，當然是在我的腦海裡，又怎麼能說它們是假的呢？

一切都是眞的，包括那些不會實現的一切。

很抱歉，沒能寫更多的字給你，我的腦子實在是冷得有點遲緩，斷斷續續寫了一些日常，我知道你不會在意的，只是想讓你知道，我一切安好，笑得比從前多，走得比從前遠，愛得比從前深，還有好多想做的事，今年也和我一起好嗎，在宇宙某個角落。

冬安，敬頌冬綏。

不朽 250204

1000

一千日，宇宙你好嗎。

展信悅，見字如晤。這幾天的心情一直恍恍惚惚的，看著數字一天一天增加，我竟習慣了數字的遞增。其實，從很久以前就知道了，時間是有增無減的，失去你的時間是如此，往前走的時間是如此，生命的年輪也是如此，就這樣一點一點，一步一步，一年一年，來到了你走後的第一千天。

前幾天收到了表妹的訊息，她的狗狗生病走了。她有兩隻養了十幾年的狗狗，一隻去年意外去世，一隻則在前幾天生病走了。那天，她發了一行訊息給我：「我再也沒有小狗了。」一瞬間，我淚流滿面，就這麼呆坐著，靜靜地流眼淚。沒有了，多麼輕盈的三個字，那樣簡單明瞭，那麼決絕，那麼殘忍，輕飄飄的，好像是看見一陣煙，消失於空氣之中，就這樣沒有了。

我知道那種難受，什麼安慰的話都說不出口，是的，那些極致的傷心，誰也安慰不來，沒有任何話、任何事情可以幫助。在那些痛得想死的時刻裡，只有痛，只有傷，待在那樣的暴雨裡毫無辦法。在痛的時候不企圖去忤逆痛楚，讓它肆虐，直到痛輾過自己的身體，血肉模糊。

我不會說這樣的疼痛是好的。在這一千日超過一大半的時間裡，自己都在迷戀這種痛苦，以爲只要我足夠疼痛，就代表足夠愛你。我將這樣的愛與痛劃成了等號，這種扭曲的想法把自己困在深淵，不願意離開，心甘情願與這樣的深淵一同腐朽。

痛不應該與愛劃上等號，痛只是愛的其中一部分，用痛來概括愛，對愛並不公平，對我們一起生活那些美好的時光不公平，悲傷不是愛的延續，銘記才是，念念不忘才是。

這個春天，我將家裡的一些東西都換新了。前陣子，不小心將咖啡灑在地毯上，於是換上了新的地毯。還有貓跳台也是，不想讓九月跳得太高，因此換了一個較矮的跳台，九月很喜歡，都會在上面睡覺，一天換一層位置。

生活就是不斷地替換，新的和舊的，那個你躺過的地毯，曾經留有你的味道、你的身影、你的回憶，都不可避免地更換。總是會有新的，這聽起來是個有點悲傷的好消息。我已經不會爲了這些更新替換而感到傷心，因爲你並不依附在那些物件上，你就只是你而已。

如今想念已經變成了我身體的一部分，再也不懼怕這個四季更迭的世界了。

在這個千日的日子裡，我重新把這段期間寫給你的九封信拿出來閱讀，在第兩百天時，寫到：「今天與昨天沒有不同，而我似乎明白到了，明天也會如此，然後一百天過去了，兩百天來到了，接著會是這樣，平靜地，數算著自己腐爛的日子，我將迎來失去宇宙的三百天、五百天、一千天、一萬天。一切很輕很輕，不再感受任何重量。」

你知道嗎，我不敢相信眞的迎來了第一千天，有所不同的是，我並不覺得這一切變輕了、變淡了，反而是越來越深刻。不再數算著自己腐爛的日子，而是數算自己是如何在腐爛的地方生長出花，數算著那些在廢墟上種花的日子。

那時還寫了，把頭髮剪短了，等到頭髮長長時，自己一定要再次奮不顧身地愛上什麼。一千日之後，頭髮依舊留不長，可是總能找到辦法活下去。這就是人爲之冷酷，又爲之浪漫的地方。昨天我去接髮，事隔五年後的長髮，還記得和你相遇的那天，我的頭髮也是好長好長，你看我呀，現在已經可以再次去愛了。

所有人都覺得死亡是終止，但我想證明不是這樣的，死亡可以是

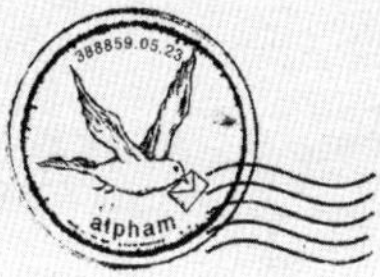

生命的延續。你知道我是個固執的人，有那麼一點傲氣於身，總是想要頑強地做些不合時宜的事，比如寫信，比如想念，比如書寫。

在將近生日的前夕，能這樣寫封信給你真好，五月愉快，一切岑靜無妄，甚安。

不朽 250515

30

在濟州島的海風下，我度過了第三十個生日。

我一直沒感覺到自己的年紀增長了多少，總覺得仍停留在二十五、二十六歲的時候，一頭長髮，正準備去讀研究所，在那個暑假裡，和室友去了很多個海邊，穿著紅色的裙子。我對她說，要等我回來。

幾年過去了，我回來了，卻再也不是那個熱愛世界的自己，被許多悲傷輕易地摧毀，原以爲內心已經足夠強大，但被現實和生活敲打，一下又一下，四分五裂，碎得不成形狀。

每次到了這種時候，都在想著，我是眞的長大了嗎，怎麼還是那麼脆弱，那麼不堪一擊，沒能成爲我想像中的那種大人。強大只是僞裝，那個軀殼裡空空如也，什麼也沒有，萬物只是穿透我，不曾留在我的生命裡。

這才意識到，我一直沒有眞正地長大。

以前認爲長大是更有能力，承擔更多的責任，明白更多的道理，懂事，懂事，再懂事；乖巧，成熟，堅忍，克制，有了這些，我就是一個眞正的大人，才能稱爲長大。

我也如此照著做，成爲一個善良的、懂事的、成熟的人，披起了一層又一層的外衣，時而假裝意氣風發，時而騙自己說沒關係，時而靠遺忘來稀釋傷心，時而因爲不公平而怒視世界，又因爲無可奈何而沉默不語。爲了讓自己不再受傷，不再跌撞，還學會修剪自己的稜角，修剪成像個正常人一樣，吃喝玩樂，吃飯晚覺。

我時常對自己說：大家笑的時候要記得笑，大家哭的時候也要記得哭，分辨好白天和黑夜，進食，進食，進食，穿好看的裙子，過優質的生活，睡覺，睡覺，睡覺，像個人一樣。

成長，我以爲這就是成長。

於是，總是在強迫自己，刻意將自己雕塑成所謂大人應有的形狀。說什麼人是被迫長大的，每個人在自己的生命中都必須經過殘忍的成長，而蛻變成大人的。人們說那是成長。現在我要反駁，不對，

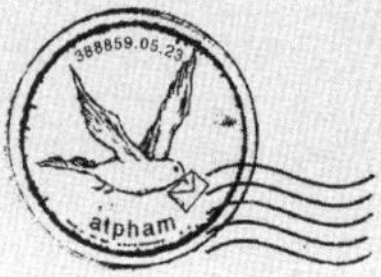

大人們說的話都不對，那不是成長，那只是僞裝。

被迫的成長並不是眞的成長，早熟的人從來沒有長大，僞裝是不會把美好的特質變成自己的顏色，而是會讓那些美好穿過自己，然後從心口掉落出去，這樣的美好是抓不住的。

成長應該是心甘情願地前往、改變和努力。

五月底的這幾天在濟州島，我感到一種前所未有的快樂。

以前去旅行總是帶著許多目的，追星啊看演唱會啊等等，這次和室友，是完全的，自由的，只是因爲想去而去的。

吃了好多好吃的東西，第一次嘗試在異國自駕（幾乎都是由室友駕駛，我開了二十分鐘就緊張半死），在車上擺動唱歌，在陽光底下轉圈，在海邊漫步，看了三十歲中最美的日落。

我想成長應該是這樣的，一切是那麼的自然而然，沒有目的，自由地奔往。

最重要的是——

這個不再刻意去變好的自己，很好，很好。

我想我真的長大了。

不朽 250523

後記

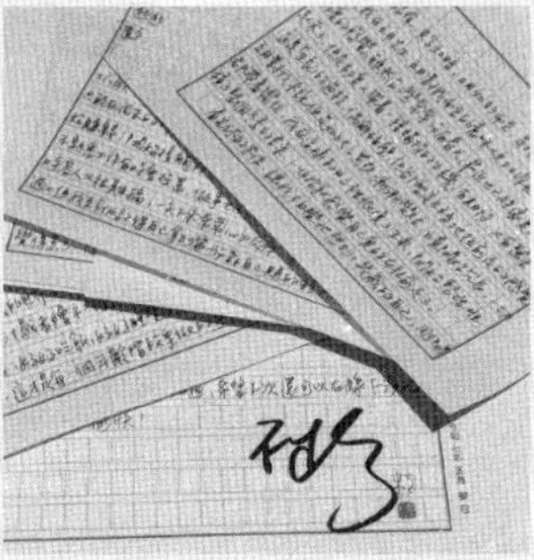

1995

展信悅，見字如晤。

看到這裡，大概是將這本書，也就是這封長長的信讀到了最後。書的起點是在兩年前，我仍深陷於摯愛的宇宙離世的絕望中，因而開啟的小小企劃，名爲「心洞計劃」，每一期設定不同的關鍵字，與讀者書信來往。心洞的意思是，一個投遞心事的洞穴，也可以理解成每個人心上那些坑坑窪窪的破洞。

當然，也是同音的雙關——心洞，心動。

這些關鍵字有願望、未滿、難忘、勇敢、不安、習慣、喜歡、路上、生長等等，不知不覺，至今已經寫了超過五十多封的信，收集成冊，成爲現在的書信集。這些信件裡面，我似乎扮演著導師的角色，去解答讀者的困惑與困境，實際上，那段時間是我人生中最鬱苦、最無望，也是最想死的日子。因爲讀者一封封的來信，延緩了我渴望死去的心情，想著今天要回一封信，明天也是，這樣一天又一天，一封又一封，成了我深淵裡的光和盼，在被痛苦淹沒時，給予了我逃生的出口。

這些信件的對象不只一個人，有十七歲因爲夢想而迷茫的女孩，有因爲焦慮而傷害自己的男孩，有在愛情中患得患失的人，有被困在童年的人，有和我一樣被悲傷久蛀的人……讀著讀著，像是一段很長很長的深呼吸。我把自己曾經無法說出口的話，一封封寫進去，那些愛而不得的、錯過不回頭的、熬過漫長黑夜卻沒有留下證明的，那些說不清楚但放不下的情緒，都被我小心翼翼地包裹起來，藏在文字的褶皺之中。

重新編修每一封書信時，我才意識到，每一封信都是想對從前的自己說的話，有些信，是寫給十八歲站在十字路口不知所向的我；有些信，是寫給二十二歲凌晨兩點還沒睡的我。而剩下的一些，是寫給再也無法擁抱的人事物，這些信永遠寄不出去，像是一個個透明的漂流瓶，流放到時間之外。但我知道，無論這些信有沒有被閱讀，有沒有被拆開，我的心永遠爲他們柔軟，我的字永遠爲他們寫下。

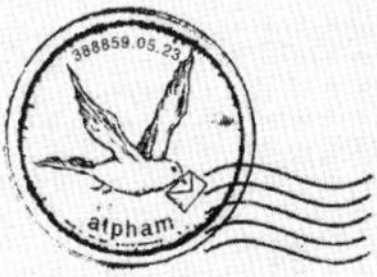

我忽然想起一件事，大概是五六年前吧，在憂鬱症最嚴重之時，我毫無生氣地躺在地板上，心裡許了這樣的願：「只要活到三十歲就好」。在晨昏不辨的日日夜夜裡，眼淚緩緩地沿著我的臉龐滑落，無聲地分崩離析，被失眠和厭食的軀體化症狀撕裂了靈魂，再活一天，再撐一下，活過今天，活過明天，不多不少，到三十歲就好。那不是一種決心，也不是什麼誓言，只是一個細小的願望，想交出所有的痛楚，交出生命，這樣卑微的願望也成爲了我的目標，像是無聲夜裡點的一盞燈，只亮著一點點，卻能讓我繼續往前走幾步。

我不知道三十歲的自己會變成什麼模樣，更不知道這樣的世界是不是仍然值得自己去熱愛，但現在的我正坐在桌前，手指輕觸著鍵盤，窗外有風，九月在椅子上睡著，寫下這些話的時候，我正好三十歲了。

三十歲，沒有我想像中那樣清晰或安穩，也沒有如願到此爲止，它甚至有些模糊、有些孤獨、也有些沒能說出口的疼痛。而它卻眞實地到來了，像無法躲避的雨季，也像是四季更迭的夏天，如此理所當然，如約而至。我竟默默地走了這麼長的路。

我想，用這樣的一本書來紀念這個年紀，很適合我。安靜的，誠實的，然後留一點溫柔在字的縫隙裡。

也許人生本來就是一封很長很長的信。

有些段落熱烈、有些頁面空白，有些話寫著寫著就被淚水湮濕

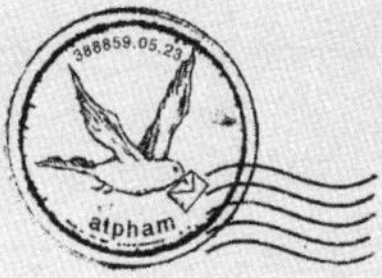

了，有些名字，提筆時還在，寫完時已遠，有些信永遠再也無法寄出，我們寫給未來，寫給過去，寫給不曾回信的人，也寫給從未眞正讀懂自己的我。

日短心長，懸懸而望，還有一些過時且不切實際的浪漫。

謝謝你翻開這些信，謝謝你讀進去，然後陪我走了這麼久，這本書或許不會回答你任何問題，但希望它能陪你走過某些你以爲只能一個人獨往的路。

如今我已經活到那時不敢想像的年紀，竟出奇地不討厭這種感覺，忽然明白到，屬於我人生的信從來不會停止在這一刻。曾經我不相信奇蹟，不相信所有「明天會更好」的安慰，不相信童話，很多次生活裡充滿絕望的時刻都祈求著會有奇蹟發生，卻在多次落空之後，才懂得我需要的並不是奇蹟，而是相信的力量，相信自己、相信明天、相信會有一些意料之外的美好。就是這樣的相信，帶我走過死蔭幽谷，帶我走向絕處逢生。

筆信未止，步履不停。我想我會一直這樣寫下去，這是一封名為「活著」的信。

獻給我的三十歲，也獻給正在往前的每一個你。

願你可愛，一直可以去愛。

願你自由，溫柔沒有盡頭。

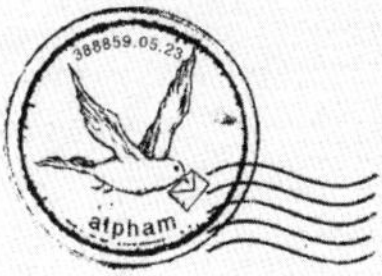

如果人生是封長長的信，那麼落款，一定就是你的名字。

不朽 2025.07.09 22:08 TAIPEI

如果人生是封長長的信

作者 不朽

責任編輯 鄭世佳 Josephine Cheng
責任行銷 朱韻淑 Vina Ju、鄧雅云 Elsa Deng
封面裝幀 高郁雯 Allia Kao
版面構成 黃雅藍 Yalan Huang
校對 葉怡慧 Carol Yeh

發行人 林隆奮 Frank Lin
社長 蘇國林 Green Su

總編輯 葉怡慧 Carol Yeh
主編 鄭世佳 Josephine Cheng
行銷主任 朱韻淑 Vina Ju
業務處長 吳宗庭 Tim Wu
業務主任 鍾依娟 Irina Chung
林裴瑤 Sandy Lin
業務秘書 陳曉琪 Angel Chen
莊皓雯 Gia Chuang

發行公司 悅知文化 精誠資訊股份有限公司
地址 105台北市松山區復興北路99號12樓
專線 (02) 2719-8811
傳真 (02) 2719-7980
網址 http://www.delightpress.com.tw
客服信箱 cs@delightpress.com.tw
ISBN 978-626-7721-13-1
建議售價 新台幣420元
首版一刷 2025年8月

國家圖書館出版品預行編目資料

如果人生是封長長的信／不朽著．--初版．
--臺北市：悅知文化精誠資訊股份有限公司，2025.08
368面；12.8×19公分
ISBN 978-626-7721-13-1（平裝）

544.37 111011361

建議分類｜華文創作